續宋本叢書

宋王黄州小畜集

〔宋〕王禹偁 撰

下

廣西師范大學出版社
GUANGXI NORMAL UNIVERSITY PRESS
·桂林·

宋王黄州小畜集卷第十六目録

碑記

□□□□□重修北嶽廟碑奉□勑撰并序

四皓廟碑

單州成武縣主簿廳記

長洲縣令廳記

崑山縣新修文宣王廟記

待漏院記

李氏園亭記

濟州衆等寺新修大殿碑并序

濟州龍泉寺修三門記

商州福壽寺天王殿碑

宋王黃州小畜集卷第十六

碑記

□□□□□重修北嶽廟碑奉勑□撰并序

臣聞元氣肧（不）渾結而為山嶽幽靈肸蠁降而為神祇矧乎
地屬陰方位居水德於（于）八卦在坎於（于）四時為冬固陰沍寒
萬物之所藏伏早生晚熟五穀之所蕃滋帝堯開唐侯之
封大禹奠冀州之域厥有巨鎮茲惟常（恒）山却鴈塞以標雄
壓龍荒而挺秀天官晝野勢當昴畢之星易象流形名繫
雷風之兆下幹坤軸高摩斗魁土俗粹靈登神仙者七十
户歲時祈禱置侍祝者九十人藏簡子之寶符産昌容之
蓬虆足凍（蹈）長城之窟影建天（天漢）漢之墟積厚窮陰出靈見怪

提行

雪霜風雨潛施及物之功泰華嵩衡共揭蔡天之勢禀是陰隲孰無主張洪惟嶽神受命上帝燕南趙北我實主之福善禍淫人皆仰止名載乎祀典德加乎生民視秩于公尊周制也列爵為王肇唐室也既奉時祀亦禳天災凡水旱癘疫之祆舉玉帛牲牷之事必有昭報誕符至誠歷代奉之其來尚矣我法天崇道皇帝之撫運也天祚明德民懷有仁括禹畫於無垠化堯封於比屋雕題儋耳駢羅入王會之圖僸佅兜離沸渭雜宮懸之典文德麗星辰之象武功彰雷電之威宋明帝之讀書則七行俱下周武王之振旅則一戎大定然猶焦勞克己宵旰臨民每戰戰兢兢念元元本本師虞舜之無怠法文王之猶勤至若掖廷椒

抄本文

房儉約中度離宮別館行幸殊稀隆冬御裘則念高年之無褐於是乎有繒帛之賜當暑操扇則軫下獄之羅辜於是乎有縲紲之恩非蒐苗獮狩之時無馳騁畋獵之事非朝會燕饗之日無金石絲竹之音歲出御題親考貢籍拔造士之秀也日坐便殿躬覽庶政達窮民之情也向者星文告差御端門而引咎故一夕而孛彗沈宋景之退熒惑也大旱作沴貶常膳而責躬故崇朝而霖雨降湯王之禱桑林也哲后之罪已也既如彼上玄之祐善也又如此易所謂聖人久於其道而天下化成語所謂如有王者必世而後仁其是之謂乎不然何夤畏天命艱難王業若斯之甚耶於是庶政交修百神蠲潔嚴祭祀而為人祈福行教

提行

令而先天弗違菲飲食而厚牲牢天神地祇享至誠之薦
卑宮室而崇廟貌名山大川啟必葺之祠豈比夫湮於六
宗未祫禮神之義祀於五時但萌徼福之心墜典無文我
能具舉矧茲陰嶽固有巖華袞珠旒受王者之冊禮太
牢秬鬯命守臣而行事下邇玄冥之宅旁鄰黑帝之居因
道武之基扃舊推宏壯韞慕容之珪璧素彰神異祠祀之
盛莫之與京然而運有污隆時有興廢雖無方之體奚往
不通而有象之軀未逃其數先是匈奴之犯塞也來詰祠
宇卜其吉凶不從猾夏之心遂縱燎原之火殊不知天惟
輔德神實依人乏之祀虐民自作敗亡之計彼曲我直坐觀
盪覆之期聖上猶示含容更期柔服戢天威而自守。蓋民

抄本盍

力之是寛單于之火照甘泉豈傷文帝頡利之兵陳渭水
未累太宗亟命有司惟新大壯烏臺御史持節而庀徒黃
門貴人鳩工而藏事梗楠杞梓以雲集繩墨斧斤而子來
五材寔繁百堵皆作乃復堂殿于以儼像設之晬容乃輿
廊廡于以列徒御之繪事門闕有翼階陛斯隆繡栭雲㮰
互曜煙霞之色璇題藻井交含日月之光旌旗衣服昭其
文篚簠簋豆籩陳其數能事畢矣神功煥然不愆揆日之期
再聳凌雲之勢於是戒尸祝命使臣我將落之神用至止
厚享惟馨之奠永安不測之靈三獻具而禮成八音和而
神降谿雲拂檻如絳節以翺空山溜垂簷誤鳴珂之振響
介爾繁祉庇吾邊民兒獷俗之未平冀陰兵而助順或示

之禍福革彼豺狼之心或鼓以雷霆勅其犬羊之類然後雨我禾黍潔爾粢盛鑄農器而毀戈鋋薦興多稼耕邊田而飽士卒永樂豐年况令將相叶謀人神共怨豈使韓昌張猛刑白馬而登東山將令去病衛青取金人而踰北海何往不利何謀不臧圖思魏絳之言更鑒王惲之策安民和衆契天地以爲心含垢匿瑕諒神明之降鑒佇靈臺之偃伯備法駕以省方千年南面之尊永高枕十月北巡之禮盡舉彝章輯五瑞於公侯問百年之耆艾燔柴奠玉如西岳之禮容陳詩觀風察北方之哀樂聲明文物以咸備律度量衡而必同升霄於絕嶽之前肆覲於重巒之下起白雲而表瑞何止岱宗呼萬歲以效靈豈惟嵩岳而已

哉夫如是則封狼居而禪姑衍但恃窮兵臨瀚海而勒燕然未為神武者也臣沐浴皇澤優游紫垣請終軍之纓非無壯節投班超之筆尚負明時慙非擲地之才有玷他山之石謹為銘曰

節彼常(恒)山峻極于天崛起萬仞生乎一拳摩穹戞漢控趙排燕人皆仰止神或憑焉明明嶽神上帝所授不騫不崩可大可久其誰祭之皇宋哲后其誰尸之中山郡守秩視公兮爵為王金其几兮玉其牀何以贈之兮赤紱斯皇何以處之兮峻宇雕墻諒聰明兮无(無)得喪維廟貌兮有興亡嗟睟容兮盪毀遇醜虜兮猖狂物成敗兮有數神杳冥兮无(無)方雖像設兮云壞於(于)精靈(爽)兮靡傷詔新斯廟表匈奴之

中山郡守止分四行行四句句下空二格作四排

秩視至興亡分三行行三句上下二排上十二字下十字

嗟睟容兮以下七行行三句句下空一格不齊排列惟詔新斯廟下空三格

不道詔祠爾神彰皇家之至仁天輔德兮我有慶鬼害盈兮胡無人絕代馬之南牧揚和鑾兮北巡有效靈之雲物無出塞之妖氛齊泰山兮等梁甫竝亭亭兮接云云飛英聲兮騰茂實握乾符兮闡神珍垂千齡兮萬祀永昭德於吾君

四皓廟碑

易稱知進退存亡而不失其正者其唯聖人乎先生避秦知亡也安劉知存也應孝惠之聘知進也拒高祖之命知退也四者備矣而正在其中先生非聖而孰爲聖乎若其秦亂而不避則焚書坑儒高斯之流也漢危而不出則素隱行怪巢由之徒也應高祖之命則溺其冠而騎其項矣

抄本坤。

吾君上空一格

拒孝惠之聘則功不立而名不稱矣引而伸之先生可謂全德者矣嘗試論之曰古稱周公聖人也鞭伯禽教孺子居攝六年明辟未復而召公不說於內三叔流言於外盛德大業幾隳於地吁扶幼君秉大政之難也有如是哉觀乎戚姬之孽如意之寵以妾並后以孽代宗本根一搖社稷將隳咸謂扶蘇之賜死胡亥之亡國可翹足而待也何止炎靈之不祀抑亦黔首之罹禍豈旡留侯陳八難罷六國則可議主邑則以水而投石也豈旡曲逆間強楚解長平則可言立敵則圓鑿而方枘也先生一出而助之一言而定之漢庭公卿皆出其下而能錙銖鍾鼎桎梏衣冠安萬乘而不有其功抗匹夫而不食其祿自非至人達識孰

能與於此乎向使先生定漢嗣為漢臣報德議功必在平勃之右當以左輔右弼前疑後丞而處之居是時也以四鉅賢事一少帝挾震主之威負不賞之功又何止流言不說之事哉欲望其茹紫芝卧商嶺其可得乎是知先生之出非獨謀漢也實將救時也先生之退非獨全身也亦將矯世也危而護之不宴安於獨善可謂救乎時矣定而去之不乘時以聚祿可謂矯乎世矣用是警民猶有建柙立順之徒矣嗚呼世之為人臣議廢立者可勝道哉或因定策而專國或因援立而無我戕弒兇殘何莫由此其後滔天於莽卓盜國於曹馬移徙龜鼎易於奕棋纍纍简編可為太息是以先生危則助之安則去之其來也至公於萬

民其往也無私於一身前所謂知進退存亡而不失其正者千古四賢而已或曰周公相成王攝天子功成治定制禮作樂號為先聖歷代仰之豈先生之道過於周公乎愚曰周公秉文武之業知王化可興故輔之以行道焉先生當暴秦之後知霸道終雜故去之以遠害焉周公聖人之用者先生聖人之晦者但時異而迹殊耳非所謂過乎周公者也辛卯歲予坐事解制誥職翌日有商於貳使之命下車拜廟西山之側退立廊廡有碑在焉自唐御史大夫贊皇李公而下作者若干人因歷覽之美則美矣敘先生之道似有未盡就館濡筆申之以碑斯文也豈直歌鴻飛狀鶴髮而已哉實欲使立朝廷為臣子而挾幼沖圖富貴

者聞而知懼亦春秋誅亂臣賊子之旨也其辭曰

猗歟先生、時行則行、高眠商嶺、逃難秦坑、知秦之祚、亡於子嬰、知漢之祚、存於惠盈、一言悟主、萬邦以貞、不有其功、不食其祿、遠害全身、矯世勵俗、清泉洗耳、紫芝充腹、獵犬自烹、冥鴻不復、矯矯高節、悠悠後來、漢之戾園、晉之愍懷、江充厚誣、賈后雄猜、先生不生、孰為來哉、昏亂之世、廢立不已、操欺孤兒、莽抱孺子、成既自我、權亦歸已、先生不生、大事去矣、蒼野峩峩、祠荒薜蘿、遺像斯在、德音可歌、清風凜凜、素髮皤皤、永懷貞遺、刻石山阿、

單州成武縣主簿廳記

主簿之任在名品間最為卑冗然臺府寺監洎郡縣皆署

每行四句 句空二格

焉總而言之縣主簿又為卑冗之魁者是以古人或恥之
噫士君子學古入官不以位之高下身之貴賤在行乎道
利乎民而已矣故中都宰魯司寇聖人為之者為是也矧
百里之慘舒係[繫]一邑之令長令長得其人主簿又裨贊之
則人受其賜也宜矣令長非其人主簿又阿諛之則人罹
其苦也又宜矣苟能曲盡規正裨合於[于]道則一邑之政有
由主簿而化者得輕其所任乎至於[于]理簿書課農事供職[賦]
調求考績者固主簿之職然爾其間有鬬訟相高婚田未
決畜產交奪契券不明者在乎察其情偽正其曲直助令
長詳而決之使刑罰得其中則百里之人手足知所措矣
有姦猾有悍獨有墮農有無賴有不孝有不悌在乎助令

長遏撫之導誘之懲激之則百里之人恥格而移其風矣有力田有孝悌有義夫有節婦在乎助令長申舉之禮厚之旌別之則百里之人知勸而易其俗矣引而伸之主簿之能事畢矣然後可移之於郡用是道佐佑長吏則龔黃循良之政可待也復可移之於國用是道弼諧帝皇則堯舜雍熙之化可致也夫如是則為主簿者始能公於心而執乎道是下千里毫末合拱豈為難哉又何卑冗之有焉某策名起家作吏斯邑到任之明年屬歲豐政簡因筆其志於屋壁所謂知之非艱行之惟艱者也亦欲使後来居是位升是廳者勿以下位而自敗其道焉

長洲縣令廳記

天下語宰邑之賢者率以宓不齊為稱首以其彈琴化民
民不忍欺謂得致理之要也殊不知行是道者不獨繫於
人亦將繫於時也當時王室雖微皇綱未絕有周禮在魯
則單父豈曰亂邦有聖人為師則子賤宜乎行道居百里
之位得諸侯之權社稷民人自我而已井田車賦得均「其
輕重刑罰教令得濟其寬猛凶荒水旱得專其賦卹農時
民力得聽其休息然則無私於心克儉於身辨田之腴瘠
定賦之上下强暴者刑之以法孝悌者旌之以禮寬其教
以誘人峻其令以約吏時豐則歛之歲饑則賑之農有力
而不奪役非時而不行闢之以庠序誨之以禮樂使父子
親兄弟友夫婦和然後教祭祀以事鬼神行慶弔以睦鄉

黨自然懷土不散熙熙如春弗知其然而然也在上者不
鳴琴而何侯哉洎王道云亡霸國孔熾大小相併强弱相
攻區區子男宗廟不保故傳曰漢南諸姬楚實盡之又曰
楚縣陳蓋縣之始也秦有天下畫三十六郡則小國皆為
縣而隷於郡矣國之於郡猶身之有臂也郡之於縣猶臂
之有指也國取於郡郡取於縣縣取於民是以臂指搖民
而自奉也由是田有暴賦丁有常傭春役而夏不休朝令
而夕必具小則懲之以殿最大則懼之以刑法豈唯道不
能行亦將身受其辱遂使宰邑者苟祿食免笞罵而已昔
人歎徒勞而歌歸去者為是也向使子賤復生亦將捨琴
折腰奔走不暇況行道乎雖欲不顧其時不程其力亦猶

提行

建一指而扶天柱不其艱哉時之然也長洲之名見吳都
賦貞觀中分吳縣以建之垂二百年宰邑名氏縣誌闕焉
錢氏享國幾一百稔專建屬吏莫得而知　皇上嗣位之二
載漢南王歸於我國家始設官以理焉袁仁鐵首之王某
次之其土汚瀦其俗輕浮地無柔桑野無宿麥飷魚飯稻
衣葛服卉人無廉隅户無儲畜好祀非鬼好淫內典學校
之風久廢詩書之教未行兼并者僭而驕貧窶者欺而憧
田賦且重民力甚虛租調失期流亡繼踵或歲一不稔則
鞭楚盈庭而不能集事矣至有市男女以塞責者甚可哀
也是葢隔中夏之政寖列國之風使然也　今聖人求理於
上庶官陳力於下斯民之泰其有漸乎某非循良之才莅

凋瘵之邑仍以舊貫民安仰哉會到任之明年大有年也
先是司漕運者轉民歲租更送他郡苦舟檝之役。靡堰埭
之費者久矣至是始聽民以本屬郡輸之從便宜也亦小
康之有萌矣是歲獄。訟。靡繁賦調中考因鳩歛民。貲。評議
政體總而刊之存諸廳事待賢者以舉之所謂能言而不
能行者也

崑山縣新修文宣王廟記

夫聖人之生必受天命有位者天使之化民為一時也三
五帝皇之謂乎無位者天使之立教為萬世也先師夫子
之謂乎是以窮於旅人終於陪臣非不幸也向使居帝王
之位行堯舜之風則顏閔之科猶元凱之舉也兩觀之誅

提行

即四凶之罪也自然道至而我無為化行而人不知時之
歌者必曰何力之有後之美者必曰無得而稱也雖流為
典謨形乎簡冊亦不過濬哲文明溫恭允塞而已豈復有
祖述憲章之道流於後代乎故曰生人已來未有如夫子
者也秉筆之士得輕議其德業歟吳之諸郡姑蘇稱其首
郡之屬邑崑山出其右雜以魚鹽之利溉乎朝夕之池昔
在皇唐是為名邑降及錢氏茲惟上腴距海之田民斯阜
矣然而庠序或缺儒素弗興實倉廩而禮節未知既富庶
而教化不至為邑之長得無咎乎縣大夫邊公世為儒流
時號甲族自起家之調歷宰邑之資所在播其能名錫類
驚其久次皇上嗣位之明年淮海王如京師且獻圖籍尊

提行

王室也主上思泰遠人精擇循吏銅墨之任尤難其才始得公以宰吳吳民受賜降璽書以勞之旌善政也秩滿受代將選於天官會茲邑有令尹之乏者二千石命公以承乏且狀政績聞諸冕旒未幾有即真之命免常調也公因民所利朞月而治以為人者政之本儒者教之先苟非師嚴而道尊烏可移風而易俗哉先是文宣王廟但為有基址盡為蓁蕪廢而不修六十年矣公乃出俸金以營之同僚悅隨群吏弗違乃庀工徒度材用一畝之宮圖蔓以出之數仞之牆樹土而揭之殿堂既嚴門闕斯備麗以丹漆飾以圬墁制度合乎禮文力役當乎農隙乃像素王被華衮垂珠旒王者之制彰矣乃狀十哲冠章甫衣縫掖儒者之

服備矣廟之興也既如彼像之設也又如此粤上丁之晨行釋奠之禮所以列豆籩陳簠簋潔牲牢具罍洗贄幣有數尸祝有辭八音作而人和三獻終而神悅禮無違者道不虛行觀之如堵牆化之猶影響俎豆之事修矣禮樂之道興矣十室之邑期忠信以如邱一變之風聞詩書而及魯議者曰吳地祼國也崑山海隅也舊染霸俗未行儒風非明君以文德敷萬邦非良宰以儒術化百里又安能遵先王之教務小國之風者哉某幸忝德鄰熟聞善政爰旌茂績俾述斯文難言雖在於聖門不朽願刊於貞石大宋雍熙三年月日記

待漏院記

天道不言而品物亨歲功成者何謂也四時之吏五行之佐宣其氣矣聖人不言而百姓親萬邦寧者何謂也三公論道六卿分職張其教矣是知君逸於上臣勞於下法乎天也古之善相天下者自咎夔至房魏可數也是不獨有其德亦皆務於勤爾況夙興夜寐以事一人卿大夫猶然況宰相乎朝廷自國初因舊制設宰臣待漏院於丹鳳門之右示勤政也至若北闕向曙東方未明相君啟行煌煌火城相君至止噦噦鑾聲金門未闢玉漏猶滴徹蓋下車於焉以息待漏之際相君其有思乎其或兆民未安思所泰之四夷未附思所來之兵革未息何以弭之田疇多蕪何以闢之賢人在野我將進之佞臣立朝我將斥之六氣

萬錢以下宋刻缺三葉吾研齋補鈔

不和災眚。薦至願避位以禳之五刑未措欺詐日生請修德以釐之憂心忡忡待旦而入九門既啟四聰甚邇相君言焉時君納焉皇風於是乎清夷蒼生以之而富庶若然總百官食萬錢非幸也宜也其或私讐未復思所逐之舊恩未報思所榮之子女玉帛何以致之車馬器玩何以取之姦人附勢我將陟之直士抗言我將黜之三時告災上有憂色構巧詞以悅之羣吏弄法君聞怨言進諂容以媚之私心慆慆假寐而坐九門既開重瞳屢迴相君言焉時君惑焉政柄於是乎隳哉帝位以之而危矣若然則死下獄投遠方非不幸也亦宜也是知一國之政萬人之命懸於宰相可不慎歟復有無毀無譽旅進旅退竊位而苟祿

備員而全身者亦無所取焉棘寺小吏王某爲文請誌院
壁用規於執政者年月日記

李氏園亭記

重城之中雙闕之下尺地寸土與金同價其來舊矣雖聖
人示儉宮室孔卑而郊廟市朝不可闕已有百司之局署
六師之營壁侯門主第釋宇玄宮總而計之蓋其半矣非
勳戚世家居無隙地設或有之則又牽於邸店之利其能
捨錐刀之末資耳目之娛者亦鮮矣故隰牧隴西李侯與
神德皇帝有布衣之舊在乾德開寶中繼刺邉郡時并汾
未下屢有軍功銘於旗常此不煩述侯幼讀春秋故戰必
尚計而不尚力晚好道術故處必務實而不務華居某坊

無年月日記四字

提行

之後第在大內之東南實繁會之所也而能開一園構一亭竹樹花卉少而且備游賞讌息近而不勞其始也患土地之不廣則倍價以市之故善鄰獻其第病樹蓺之不滋則厚利以誘之故老圃效其力不議其物之貴賤不計乎時之有無又掘舊地以及泉輦野土而衷丈費數十萬不以為難與夫謀衣食之源作子孫之計者遠矣洎侯之捐館也諸子尚幼為季父納質於富家其取直四百萬將稔其利以奪之上聞而駭其事遽命出內府錢贖而還焉君子曰李侯之好義忘利也既如彼諸子謹身節用也又如此宜乎有是之光也若是乎為公侯廣第宅連坊斷曲日侵月占死而不已及乎墳土未乾則為子弟獄訟之具者

亦足悲也先是侯嘗牧於濟而予之故里也以是知其政
又同舍紫微郎畢公即侯之外姻也以是熟其事己丑歲
與予遊其園息其亭一則嘆舊館之喪一則思甘棠之政
因目其亭之中央者曰克家取象於易也謂其東南者曰
肯構徵義於書也又總述其始終之狀為李氏園亭記其
幽致嘉況則見羣公之詩什大宋淳化元年九月日記

濟州衆等寺新修大殿碑 并序

漢明已來像教熾於天下大都小邑暨名山勝境鮮不建
梵剎而聚緇流有以見大法之光揚末俗所歸仰也按地
志高平鉅野縣乃斯郡之舊封周廣順中始剖符竹命二
千石以治之未改邑時粤有茲寺之額院宇弗葺垣墉平

提行

傾待風雨避燥濕外則無觀焉是知地之興廢必因其時
法之盛衰必有所主我先大師斯郡人也世姓徐氏法名
玄應師號衍正幼而聰悟長而博達始落髮於嵩陽會善
寺瑠璃院戒律既具精進自苦謂衆生貪着我則演法以
誘其俗謂佛性空寂我則修心以行其道加以辯若泉湧
捷如響答有道安之理論蘊支遁之神俊故當時釋種咸
所景附開運中天子崇佛信法廣延僧耆師以行望素高
屢得召見於是簾前賜紫我宋開國加號演正大師兼內
外臨壇文章表白旌宿德也建隆初爰自上國来歸故鄉
仍補管內僧正師一心住持戮力完葺且以斯郡地惟塗
泥木不喬秀棟梁榱桷出於西山由是往来京師市易材

植雲委山積浮川而東約費用殆數千緡積歳月幾二十稔勞筋苦骨曾未知疲上自國王大臣之捨施下及一毛一飯之供養我先師悉籍録之冬裘夏葛盂食盤蔬之外未始輕擲非積勤累儉則曷能奮獨力而成勝縁者邪先是無鍾以警昏旭乃範金以鳴之玆樓既成玆殿將構天不憖遺師之云亡徒弟五人今院主大徳無相克荷先願用伸孝思雖居哀苦之中詎廢經營之力因垂成之績竭肯構之心既成厥功思誌其美以某邑人也辱與先大師遊見託論譔申之以銘其辭曰

郡之厥初、草創改邑、寺雖有名、殿實未立、我師之来、志有在必葺、寂滅有期、大功未輯、天道悔禍、師門代及、弟子無相、

補鈔大功未輯止

辭每行四句二空二字

孺慕號泣、夕構朝營、歲捃月拾、資用益饒、工徒允緝、紅樓
霞舒、紺殿山岌、榱桷棟梁、龍蟠虬蟄、丹雘螟塗、霜凝霧翕、
是維莊嚴、豈慮燥濕、厥師經始、因果如彼、弟子善嗣、功力
若此、紀事勒銘、永傳厥美、

濟州龍泉寺修三門記

古之官府通謂之寺故今九卿之署其名尚有存者浮圖
氏之教來於西國館於鴻臚斯得名之始也莊嚴宏敞歷
代增之得高其堂揭以鴟尾得大其户軒如雉門中心闕
然蓋兩觀之遺制爾濟州龍泉寺者唐大歷四年建於鄆
州鉅野縣縣即春秋時西狩獲麟之地漢初時彭越聚盗
之所也東距任宿西接曹衞北走汶水南極芒碭皆百餘

里其中藪澤深陋民俗獷戾揭竿嘯聚率以為常周廣順
中魯侯以曲阜叛六師薄伐七旬来格思欲屏萑蒲之盜
啟符竹之封乃詔有司改邑為郡緇徒蘭若從而興焉雖
主者增修而日不暇給旣而前有殿儼像設也後有堂備
說法也雖廊廡未具固已甲於佗寺矣唯玆三門基而弗
搆盋地苦洪水民無餘貲殆三十年而編蓬横木矣開寶
丙子歲功德主大德某矢謨締搆勠力經營聚善捨之財
節衣盂之費伐木礱石鳩工庀徒凡五年而有成即以太
平興國某年月日遷化弟子某嗣而葺之丹青赭堊煥乎
有光又立二金剛以守焉望之巍巍足為壯觀夫寺之有
門若人之有衣冠樹之有枝葉也不壯不麗民安仰哉某

生於周長於魯興廢始末皆得而知舉進士時見託譔述
游宦靡定於茲十年待罪商於始畢前願得以事實總而
書之僧之耆宿郡之檀越暨租庸至向請書於石陰時淳
化三年某日月記

商州福壽寺天王殿碑

天王之名在三代時實人君也故見於春秋載於禮文秦
兼三五之號王爵歸於人臣由是儒教無之內典有之其
神異威力。異於佛經此不繁述今所序者廢興修建而已
商州福壽寺天王殿者唐天祐三年所建也其塑繪金碧
皆當時良工於今百年相好無缺唯殿堂朽蠹殆將不支
先院主清弁世姓席氏房陵人也後唐天成元年依寺僧

戒賢出家長興初落髮尋受具戒於興元府王子寺清泰
中繼主寺事以太平興國四年遷化凡四十年間建大殿
立三門僧堂惟西僧庖惟左廊廡環合亭臺洞敞樹珍果
植名花佛事之莊嚴釋門之儀範靡不具矣然後墾山田
造水磑嘉蔬有圃柔桑垂陰茲所以備紺宇之繕完給緇
徒之供養別建羅漢閣於西偏頗極宏麗惟天王殿未暇
改作蓋工用之大也臨終謂弟子懷省曰吾始居茲寺屬
兵亂之餘院宇圮毀驅其豺虎翦其荊棘勤苦無怠庶幾
有成而商土瘠商民貧衣食唯艱檀施且鮮吾麤衣糲食
往來竹山上庸間得尺布斗粟負荷而歸積毫累銖以至
百萬今僝功雖在示滅有期心不滿者惟天王殿爾汝能

嗣之吾願畢矣懷省泣授付囑勠力經營始於庚辰成於
辛卯伐木秦嶺徵工華陰宏壯瑰奇不可殫紀非先師之
理命弟子之肯構疇能與於此乎初懷省之伐殿材也在
深山窮谷之中常時度木者以僻險不取咸謂虛棄其功
必不能致矣會天大雨谿水暴作一夕吹積於山下欒櫨
榱桷以類而聚若人力之區别然而寺封尚遠河流頓耗
非復一雨不可至矣懷省乃晝夜環禮精心禱之果有風
雷吼駭山谷推蕩漂注集於郡南自非神功陰助曷能若
此之易也某左官商於見託譔述得以事迹刻於貞石寺
之原始舊記存焉銘曰

惟唐建都、嵴函之右、惟商為郡、京輔之首、山名兎和、寺曰

構缺右半下同
銘每行四句

福壽、有天王殿、基柎天祐、載祀綿遠、棟歆甍漏、先師理言、
弟子肯構、事雖人謀、材乃神授、基聳扑䵷、山蟠靈鷲、畫栱
丹楹、紅欄青甃、上方古木、南榮列岫、梵宇增耀、睟容益茂、
善績可紀、良緣有後、刻茲貞石、用光不朽、

宋王黄州小畜集卷第十六

宋刻本校　十八葉

前空一行

宋王黃州小畜集卷第十七目錄

碑記

□□□□□揚州建隆寺碑

滁州全椒縣寶林寺重修大殿碑并後序

黃州齊安永興禪院記

野興亭記

江州廣寧監記

潭州岳麓山書院記

黃州重修文宣王廟壁記

漣水軍王御史廟碑

無慍齋記

黃州新建小竹樓記

連前目録

宋王黃州小畜集卷第十七

碑記

□□□□揚州建隆寺碑

唐貞觀中制以天下戰陣處為寺且命虞世南李百藥岑文本之徒刊勒碑銘紀述功業傳諸簡冊燦然可觀蓋聖人不欲無罪而殺一夫無名而荒寸土及乎諸侯阻兵百姓徯后驅人以戰事不獲已矢石之下死傷則多狥義效忠有足哀者雖復贈官爵祿子孫誠有勸於生懼無益於死以為漢明之後釋教誕興謂冥漠之中有輪迴之數能使精魄復生人天其道如何事佛誦經而已由是交兵之地捨為梵宮田不耕而有名也死事之人盡離鬼趣士捐

生而無恨也帝王所尚今古攸同雖有服儒冠而執名教
者又安知其果不然耶我太祖皇帝授禪於周啟封在宋
朱旗所指黥首乂安惟李重進作帥江都嬰城構逆時建
隆元年九月也乃命故中書令石公統王師以討之十有
二月傳於城下於是建行宮迎法駕是月十一日太祖至
大儀驛距廣陵六十里夜半而城陷詔宣徽北院使李公
知軍府事尋以行在立為梵宮取僧之有德行者處焉是
時先寺主道暉本居孝先衆所推擇李公列狀以聞即可
其奏仍改法名為道堅以紀年為寺額墾田四頃隸省一
莊咸以賜之供香積而飯緇流也道堅既沒智逮嗣之智
逮又沒義幽繼之義幽超化大師也以淳化二年歸寂義

隆顯仁監而主焉皆超化大師之弟子也自國初至今凡
四十載曰供僧不減六十人像設莊嚴經教具備禮佛有
殿演法有堂齋庖在東僧寮在右與有室供湯沐焉外有
亭給登眺焉廊廡翼舒門扉洞啟修竹交映碧流縈回實
藩服之勝遊淮海之福地耳先是太祖將返鑾留其御榻
忌晨供帳於今尚存嗚呼戰伐所亡人骨已朽乘茲善果
皆出冥塗豈知不再事朝廷復為臣子歟義隆等謂修建
以来碑誌未立以某出從翰苑守是郡條宜為斯文理不
可讓是時大行晏駕聖主承祧至道三年四月也銘曰
神道設教儒所崇佛法度人釋之宗王者草昧多屯蒙乃
有征伐揚武功野必死戰城必攻出入矢石豈梯衝須首

喪元爭效忠聖人念爾心所恫詔捨戰地爲梵宮遊魂精
氣感感通拔爾出離冥塗中恩異文王枯骨葬事殊楚子
京觀封香燈鐘磬飄天風四十餘年僧憧憧止戈偃伯文
軌同三葉重光自建隆祐我聖祚垂無窮

滁州全椒縣寶林寺重修大殿碑

寺名花山縣諜所傳壞於會昌緇徒散亡興於大中層構
崇崇顯德沙汰茲名獨在聚併闔縣凡十六院我皇御極
始賜今額嘉號寶林用光布金有莊隸屬桑柔土沃歲取
稼穡以供香積靡夏靡冬僧來憧憧大殿歲久基傾柱朽
有僧德緣革而修焉錄事張載同茲大願化於邑郭施及
村落得錢百萬吾事斯辦全椒林麓材惟樸樕西走山陽

號大雲倉伐木編桴棟梁欒櫨蕩波而來厥惟良材其誰
運斧維曹維呂翬飛翼。張望之堂堂旣成棟宇綵繪無取
有曉貞。師先師從依衣盂遺留願捨而修乃備丹雘晶熒
交錯殿堂肯構佛事猶陋戲復化率能始能卒塑釋迦像
金容可仰菩薩善神各三其身對侍拱立金碧燿熠矢謨
雍熙早夜孜孜僝功淳化簷楹秅秅令佐經營曰殼曰禎
政平。須息茲出餘力有范百宗成名澤宮為賊。曹掾舊識
吾面聿來詣郡再拜恭懇曰公詞臣久司帝綸茲殿之碑
非公而誰健毫不抽實寺之羞顧其勤勤敢恡斯文直書
事實詞句魯質庶幾勝緣垂乎億年

後序

雍熙中予為大理評事知長洲縣范以進士見予於姑蘇今年予自翰林學士出守滁上范為屬邑吏碑之請也不得而拒矣因效元相桐栢觀體韻而書之一揮而成不復加點蓋任其後而不繫乎文也時至道二年十月日記

黃州齊安永興禪院記

齊安郡名也永興院額也蓋僧耆故老通而呼之遂以為常耳唐時舊州在齊安河上院録云因刺史杜僕射以白雲觀建為斯院按唐史未嘗有官至端揆而刺黃者疑唐末杜洪據有鄂渚壯結梁人東抗楊氏黃鄂之屬郡也或以宗族典之於是皇綱弛紊官紀僭忝僕射之稱不為異矣其後隨郡遷徙立院於茲兵掠火燔曾無寧歲乾寧中

楊行密盡有淮南之地天祐二年楊公卒其子渥稱嗣吳王奉唐正朔以部將孫彥思為黃州刺史始造院宇崇佛像彥思母王氏捨粧奩鑄鍾於今尚存主院之僧傳法之祖喪亂無紀莫得而知今所述者斷自紫陵而下紫陵者郢中名山也山僧曉禪世謂之紫陵和尚其後捨茲院遊鳳翔從清泰入洛賜號國師次曰同一次曰行忠次曰節運次曰延具次曰自正此五僧者自前唐天祐至聖朝端拱初有若蘄州三角山龍門禪師僧自南開堂演自南者合淝人世姓解氏住持凡七年復歸蘄州四祖山淳化中有若蘄州白雲山廣教院僧智雨嗣興院事智雨者漣水人世姓朱氏以至道三年十一月一日寂滅俗壽五十一

夏臘二十七臨終召院衆付囑令長老仁辯遂寧人得法
於智雨者也即以其月十二日用茶毗之法葬智雨起塔
於長圻村二十八日仁辯會大衆陞法堂有僧玄資問曰
如何是齊安境答云後面青竹連道觀前頭綠水接武昌
又問如何是境中人答云大似不相見此之謂住持傳法
僧院舊有堂廚各五間淳化二年郡人王福捨錢二百萬
造大殿成再興捨錢一百五十萬造僧堂郡之衆戶率錢
二十萬建老宿堂又率錢十萬立方丈室左都押衙丁文
燧捨錢五十萬建浴室蘄州人王真捨錢四十萬剏菩薩
殿塑彌勒像里人周遇捨菜圃此之謂檀越知院元吉掌
申牒公府維那法俊掌提轄堂司供養主文遇掌化募施

無僧字

抄本作佑

利典座道真掌庖廚直歲省愼掌墾種此之謂知事僧先
是衆僧請院前閑田一段又請通民麥莊一區由是麰麰
蔬果豐焉住持傳法僧無祖禰道高衆伏則推之知事僧
無資級才堪心願則為之故上下熙熙而忿爭不作矣夫
禪者儒之曠達也律者士之名教也浮圖氏離而為二罕
能兼之其甚者互相矛盾過於仇讎唯長老仁辯禪其心
以度人律其行以伏衆有來斯應虛往實歸禪其心也一
裘一飯之外日誦法華經二部律其行也某筮仕以来治
僧之訟多矣獨愛其無親疎無人我有賢智則尊而事之
有才力則信而使之去而不強推而無競渾然幾乎道矣
故總而為之記至於院宇之至嚮田園之廣袤道具經典
祖庸什器請書石陰時大宋咸平二年八月十五日記

野興亭記

昔裴晉公作綠野堂負功名而務閑適也李衛公作精思堂居密勿而彰盡瘁也雖各有趣尚而不無豪華異乎茲亭獨履中道叅政尚書隴西公器業宏大識度清遠踐三司論道之地奉兩朝知己之主以為訏謨獻替君子所以行道也消息盈虛達人所以養神也行道必假於權我則操鈞軸而無避養神必務乎靜我則營林壑以潛遊帝城之南郊壇之下闢小園以樹藝敞幽亭以宴息雜以蔬果間以花卉綠野之色亂入四時之景互見至若假寧著令休沐得告絳騶騑騑言適於野公之来思幾務多暇於是察物性以驗政教觀民田以考豐儉其或爾牛濕濕陰陽

之適敘也乳鳥喈喈飛走之彙仁也禾麥芃芃汙萊之盡
闢也原畮每每草木之被澤也公乃降邴車開曹樽金印
紱綬郤而不御荷衣蕙帶服之無斁擷芳以侑酒賦詩以
佐懽心將道宜景與神遇窮幽殫樂不夕不歸又若祀昊
天之神攝上公之秩齊戒於清夜燔燎於未晞公之至止
遂及我私斯又勝遊之一趣耳謀野則獲固殊鄭國之卿
乘輿而來或同山陰之士命曰野興厥義在茲夫崇高富
貴非全德不能常守憂勤逸豫非上智不能兼行故詩曰
赫赫師尹民具爾瞻言安危之所繫也又曰或燕燕居息
或盡瘁事國言勞逸之相遠也唯公以王佐之才處公台
之任得致君之要政行而不繫得治心之方體和而自適

觀其奏議公直李與元之胸懷陸忠州之辭筆也則訏謨
獻替從可知矣襟宣介特牛奇章之進退鄭珣瑜之操履
也則消息盈虛又可見也宜其居崇高富貴之上在憂勤
逸豫之間優游廟堂永保無咎某辱在陶冶累塵掖垣命
紀芳亭因及盛德亦萬分之一爾時咸平元年二月日記

江州廣寧監記

夫百物所聚必以一物主之金玉重寶也滯於流布粟帛
要用也濫於濕薄權輕重而利交易者其唯錢乎考諸歷
代漢五銖錢於今最便既壞於王莽又破於董卓故鮮有
存者唐武德中鑄開元通寶錢大行天下於今賴之唐之
鑄錢鑪冶非一今錢有益字者成都所鑄也有潤字者丹

楊所鑄也其餘分布郡國不可具述然自古銅鉛仰給饒信故史記言吳王即山鑄錢誘聚亡命又濞云寡人金錢徧天下者是也自乾寧而後楊行密父子兄弟據有江淮晉天福初李昪僭號傳子及孫至皇朝開寶末凡百餘歲鑄錢之利不入中國故開元錢刓缺銷毀時用漸稀太祖平吳因舊制開監於鄱陽太宗即位淮海王錢俶入朝又得杭州錢監尋以銅錫不充而廢至道二年某自翰林出守淮甸調民輸炭自滁抵饒泝泗江濤人頗咨怨某即按唐史具鑪冶數目郡國處所飛奏以聞請分監署章未報會康州刺史楊允恭亦言其事始分鑄於池州用減淮民數千里泛舟之役聖上嗣統聿修先旨以為錢刀之利軍

國所先將使水衡廪餼貫朽而不可較(校)瓊林大盈充牣而
無虛月咸平二年夏五月詔尚書郎馮某中貴人白某乘
驛而周覩南土自番禺閩越吳會荊蠻相水土之宜度舟
車之便設局署吏大興鼓鑄於(于)是建陽首焉潯陽次焉明
年勅江州廣寧監奏以祕書丞知吉州太和縣李某總領
之右班殿直鄭某佐佑之監地即摧務之舊址也湓江帶
其右盧阜居其前度木庀徒揆日蕆事肇四月癸亥終七
月己卯曰廳曰院若庫若場役夫有營王人有宅總大小
若干間於(于)是廣寧之大壯具矣歲鑄錢二十萬貫鑄錢之
費八萬八千三百六十貫四百五十得實錢一十萬一千
六百三十九貫五百四十五其為利也博哉與夫租傭賦

五字無

調之入鹽鐵榷酤之課相與為表裏資助國用亦重事也
且去工徒無賴聚一州而非便散之則盜心不生矣錢幣
益多流四海而不匱用之則盜鑄幾息矣非吾皇順考古
道留心庶政與九府之圜法恢二聖之永圖孰能若斯之
速邪資以馮白之幹事李鄭之辦職上下協力成玆偉功
將見開蜀郡銅山華公孫鐵弊復漢唐之舊法與五銖開
元流於無窮也豈止江南而已哉咸平二年七月日記

潭州岳麓山書院記

三代而下兩漢稱理次序循良彰示後人西京首述文翁
東觀先書衛颯觀其理蜀郡教桂陽率以庠序為先夷落
自化知是學校政之本歟崇文廣武聖明仁孝皇帝嗣位

之明年詔以供備庫副使隴西公知武安軍府事公自以
當不次之用臨至劇之郡思樹殊迹以答奇遇下車布政
比屋允懷參考吏能尋繹民病獄訟紛紊決剔無留米鹽
靡密推行不倦屬歲非大有人阻用饑減估發倉惸嫠無
告者得安其業募兵置籍强梁亡賴者悉拘於軍千里耕
桑涸轍得水七州兵甲走丸在槃有廢必興無政不舉初
開寶中尚書郎朱洞典長沙左拾遺孫逢吉通理郡事於
岳麓山抱黃洞下肇啟書院廣延學徒二公罷歸累政不
嗣諸生逃解六籍散亡弦歌絕音俎豆無覩公詢問黃髮
盡獲故書誘導青衿肯構舊址外敞門屋中開講堂揭以
書樓序以客次塑先師十哲之像畫七十二賢華衮珠旒

縫掖章甫畢按舊制儼然如生請闢水田供春秋之釋奠奏頌文疏備生徒之肄業使里人有必葺之志學者無將落之憂誰謂瀟湘茲為洙泗誰謂荆蠻茲為鄒魯人存政舉豈係[繫]古今導德齊禮自知恥格先是公之先公好儒術通春秋刺濟州日命鄉之薦不減百人讌以嘉賓之詩遣以計吏之禮舉進士者錢五萬襲衣以副之應學科者錢三千綈袍以遺之咸出己俸人以為難故其子孫不忘儒學某占籍濟上出職禁中直承明之廬已叨三入開緘氏之學將談六經記[訖]以斯文拙於[于]敘事聊書興廢用紀歲時而已大宋咸平三年某月日記

黃州重修文宣王廟壁記

世之有人以儒為戲者謂文宣王廟慎不可修修之必起訟復有郡縣長吏奸贓自汙畏懦不治而獲罪者適以修廟時契由是中人以下謂信然也故廟貌益毀黄州文宣王廟舊殿三間阽危不可入以十數柱扶持之猶懼其顛覆以至遷像設於門廡之下拆之則瓦木朽解十不存一前知州國子虞博士廉勤之吏也率同僚屬官洎郡之縫掖者得數十千市木於山桴江而下屢為風濤漂泊材植僅有至者未幾坐度僧過限又坐納鹽不如法連被制劾非時受代留郡聽命者百餘日窮窘不得去或以為修廟起訟不誣矣某自西掖謫守是郡覩其事歎曰先師若是凶邪吾將試焉因其舊貲鳩工揆田命左都押衙丁文燧

督其役月餘而殿成素王十哲咸新其像彩繪金碧煥乎有光又取上都國學贊文請從事曾碩書之刋石鏤板寘於神座俾夫春秋釋奠有所瞻仰塞戲儒之口刷先聖之恥亦無媿孔門之徒也至述先師之道則孟軻所謂生人以来未有如夫子者其功不在舜禹下韓吏部曰天下通祀者三唯社稷與夫子廟某敢輕議哉故乎書修建之由而已時大宋咸平二年月日記

漣水軍王御史廟碑

儒家者流不語怪力亂神所以尊師而奉教也至於精誠所感通於夢思即仲尼猶言之豈曰怪乎故曰吾不復夢見周公又曰夢奠於兩楹是也及述作六經其文甚著詩

曰吉夢維何維熊維羆書曰高宗夢得説禮曰夢帝與我九齡是皆經夫子之手而不之去蓋有益於教不惑於民焉謂之神且怪邪吾友渤海高紳以著作佐郎領漣水軍事會夏旱方祠禱請雨一夕夢神人服古衣冠而至者授詩一章既寤記詩中數字云赤岸夫若神之自謂然明日徧祭神之在境内者得唐御史王義方之祠鄉人不知但云東赤岸大夫廟爾高君曉其夢因加禮而懇禱之是日雨足乃新其廟立石為文按唐史而述其事迹焉高君純儒也不欲自言其夢入朝往往語乎公卿間執政蘇公聞之曰是不可黙也宜擇能文者書其事刻於石陰某於高君進士同年生也以故見請嘗試議之曰子産云用物精

多則魂魄强是以有精爽至於神明彼伯有尚爾況王御史者乎且欲後人見斯文也知義方者知懼如義方者知勸又胡戾於聖人之旨哉年月日記

無慍齋記

古人三仕無喜色三已之無慍色其在先朝自左司諫知制誥左遷商州團練副使又自翰林學士出知滁上今天子即位自尚書刑部郎中知制誥出守齊安到郡之明年作書齋於公署之西偏因徵古義以無慍為名後之人治是郡者公退之暇當以琴書詩酒為娛賓之地有餘力則召高僧道士煮茶煉藥可矣若易吾齋為庖廚廄庫者非吾徒也三年十月二十一日記

時下本心鶴氅衣

黃州新建小竹樓記

黃岡之地多竹大者如椽竹工破之刳去其莭用代陶瓦
比屋皆然以其價廉而工省也子城西北隅雉堞圮毀蓁
莽荒穢因作小樓二間與月波樓通遠吞山光平挹江瀨
幽闃遼夐不可具狀夏宜急雨有瀑布聲冬宜宻雪有碎
玉聲宜皷琴琴調虛暢宜詠詩詩韻清絕宜圍碁子聲丁
丁然宜投壺矢聲錚錚然皆竹樓之所助也公退之暇披
鶴氅戴華陽巾手執周易一卷焚香默坐消遣世慮江山
之外第見風帆沙鳥烟雲竹樹而已待其酒力醒茶烟歇
送夕陽迎素月亦謫居之勝槩也彼齊雲落星高則高矣
井幹麗譙華則華矣止於貯妓女藏歌舞非騷人之事吾

所不取吾聞竹工云竹之為瓦僅十稔若重覆之得二十稔噫吾以至道乙未歲自翰林出滁上丙申移廣陵丁酉又入西掖戊戌歲除日有齊安之命己亥閏三月到郡四年之間奔走不暇未知明年又在何處豈懼竹樓之易朽乎幸後之人與我同志嗣而葺之庶斯樓之不朽也咸平二年八月十五日記

宋王黃州小畜集卷第十七　校

吾研齋補鈔本校

宋王黄州小畜集卷第十八目錄

書

□□□□□上太保侍中書

薦丁謂與薛太保書

上許殿丞論榷酒書

與馮伉書

與李宗諤書

答黄宗旦書二首

答張知白書

答鄭褒書

答張扶書二首

無二首

答鼂禮丞書

上史館呂相公書

答丁謂書

宋王黃州小畜集卷第十八

書

□□□□ 上太保侍中書

右正言直史館王某謹裁書再拜有言於太保侍中黃閣之下某聞古者天子有諍臣七人雖無道不失其天下後代帝王因而設諫官闕諫垣蓋所以順考古道而樂聞已過也舊制諫議大夫五品補闕七品拾遺八品皆卑其秩而薄其俸使無所顧惜而盡其謇諤也國家又以諫官因循緘默為事故詔改司諫正言之號循其名而求其實也非才識兼茂明於政體者豈宜居其位乎某亦何人輒玷是命待罪三館於今一年居則祿養庭闈出則榮奉朝請

御札提行

上無益於國而下有蠹於民乃名教中罪人耳但以聖君賢相共成大化群材品物茂育長養而不有功力故假此而偷安矣昨奉御札以邊事未寧許百官各上封事爲諫官者得不内愧於心乎某因詣上閤陳所見十事其五事言外任其人其五事言内修其德且引漢文帝時事迹以爲比類所恨不知兵事不遊邊土則外任其人之事皆臆説也適足資帷幄之戲笑矣且念少苦寒賤又嘗爲州縣官人間利病亦粗知之則内修其德之説皆實事也用之則朝行而夕效矣然某道孤勢危辭理直切心甚懼焉非大丞相論思之際救援開釋之以来天下言路則斥而逐之猶九牛之一毛也敢露腹心以乞嗟憫某惶恐再拜

薦丁謂與薛太保書

三月一日左司諫知制誥王某謹致書於淮海薛侯閣下先民有言曰貴視其所舉富視其所與貧視其所取今天下貴而舉人者有大丞相在此不復議直以取與之道干於閣下非為巳也將為人也非止為人也又將為道也唯閣下詳擇焉有進士丁謂者今之巨儒也其道師於六經汎於群史而泝乎諸子其文類韓柳其詩類杜甫其性孤特其行介潔亦三賢之儔也先君嘗為涇原從事幼而侍行故叅政賓公撫頂歎異以女妻之偉乎賓公能知人也如是去年冬携文百篇遊輦轂下兩制司言之臣覽之振駭僉謂今之舉公未有出乎右者僕與之遊甚熟問其居

閣下側注

則曰家頼川問其業則曰衣食之具僅不給妻子斯亦聖
朝之遺賢吾道之深耻也且念世之服儒冠而得祿者位
至尚書則月俸五萬而給長幼者三分有二其下者從可
知矣又焉能哀王孫而知國士乎至於分茅土為公侯者
僕又希識其面矣惟閣下以名相之子得大將軍官而能
市義禮賢讀書好古知丁謂者非侯而誰是以裁書薦才
不遠千里至止之日幸解榻焉勿使郭代公於襄陽輦獨
稱義於前代也某白

上許殿丞論榷酒書

殿丞閣下某聞可言而不可行君子不言也可行而不可
言君子不言也今之所貢皆可言之事有可行之利故不

謀名位之相懸不虞樞機之見辱也望閣下留意焉某自前歲策名起家作吏於成武無功無過偶歷一考而國家有長洲之命越江而来涖事亦未旬浹亦嘗聚簿書以閱之則見長洲之民著版圖分地利者止七八千家歲出租錢餘一萬七千緡秋輸賦米復不下十萬碩重以鹽法通商又有加焉某以為賦輿之重出蘇臺五邑之右是閣下舊治之地不待一小吏言而後知也今又聞朝廷以浙江榷酤於民不便比歲多犯禁者是用擇能臣以釐革之是行也閤下知天子不為利也為措刑而愛人也某竊聽輿言以為閤下將取一郡榷酒之數分於編户然後聽自釀而沽諸是亦割赤子之肉飫倖民之腹也某實惑焉且錢

氏據十三郡垂百餘年以琛賮為名而肆煩苛之政邀勤
王之譽而殘民自奉者久矣屬中原多事稔小利而忘大
義故弔伐之不行也洎聖人有作錢氏不得已而納其土
焉均定已来無名之租息比諸江北其弊猶多今若又以
榷酒之數益編户之賦何異負重致遠者未有息肩之地
而更加石焉何以堪之諒閤下必不爾為況閤下居士大
夫之位讀古聖人之書赫乎大名暉映朝右自當以興利
除害為己任又非小吏之所及也然屋漏在上知之者在
下閤下試思之使江東之地百萬家以至子孫受閤下之
賜者在此時矣某縣吏也舉字人之職以貢說是非得失
固不自知惟閤下寬而勿罪

與馮伉書

某讀唐史見陸忠州之在相位也擯斥李吉甫不容於朝及贄有南賓之貶而吉甫方為刺史贄之門人故吏亦皆危之洎到貶所而吉甫待之頗厚有庶僚見宰相禮又贊皇公之秉鈞也排逐牛僧孺有循州之責及德裕南遷奇章公量移在汝贊皇路由此郡而僧孺接之情禮甚至為道南方風土之宜殊不以向之嫌隙為意賢哉二君子之操心也如是豈古之所謂以德報怨者邪某向以紫微郎兼廷尉事亦嘗議閤下之過今有商於之命而親友間往往相噎誠以閤下通理是郡也某則獨以為不然且夫以怨報怨皆私事也故雖睚眦必報矣今某於閤下議刑公

事也擢第同年也閤下豈以為怨乎雖某之名位才業望忠州贊皇也遠矣而閤下讀書為文立身行事豈不知吉甫僧孺之為人乎望閤下觀古人之行敦同年之契窮愁之中少假氣燄則遷客之幸也某頓首

與李宗諤書

月日商州副使王某謹遣家僕致書于學士足下日者痛痛僕自京師來辱惠手翰敦勉過厚幸甚幸甚因竊自念某寒士也足下相門也某在罪譴之中足下處嫌疑之地不當如是之至也某自束髮以來與人遊且多矣能不以炎涼為去就者雖貧賤之交固亦鮮得況貴冑乎豈某之末學小道能動足下之心邪將足下之秉仁執義不以某為

足下側注

幸甚不重

累邪若兩不然者何其愛我之深也因恃知己輒復云云
惟足下始終留意焉某讀唐史見元和中劉禹錫貶刺播
州播州非人所處而夢得有母時柳宗元同制貶柳州固
欲以柳易播會宰臣裴度亦為啟奏其事憲宗遂移善地
書諸信史以為美談至今君子伏裴柳之義而嘉章武之
仁也區區之懷實望於此然某待罪來。思未及滿歲固宜
慎言動而俟恩宥也今又妄動者誠以家君七十有五齒
髮甚衰生身以來未嘗暫去鄉里頃年前某為長洲縣令
侍親而行姑蘇名邦號為繁富魚酒甚美俸祿甚優是時
親年方踰耳順子孫婦女聚在眼前尚念邱園忽忽不樂
況今年愈衰家愈遠當非肉不飽之際旅食于商山中則

其為情況不待具言而可知也脫不幸疾恙則地無醫藥
何以慰人子之心乎又父母之情惜其幼子家弟少失母
愛敘婚甚晚前年某忝職閣下始能為娶一婦今年聞有
孫矣而家尊未及見此所以當食興歎永夕不寐悲咤而
不能解者為是也前時家弟自荊南乞丐以來數日而去
臨岐聚泣聞者淚下況昆仲三院妻女九人亡者未祔葬
生者待婚嫁散於彼者餬口於人繫於此者絕俸於官其
為窮人亦無伍也某嘗自計之一歲則僕馬去矣再歲則
囊橐竭矣茍至是而量移其能行乎牽復果能起乎靜思
熟慮未免一訴然前事是非不敢較辯直以窮苦聞於帝
閽所望者移近鄉園少得俸入樂偏親聚窮族而已斯亦

自便其事未知上果從乎訴而不得則無所望也默而不訴則有所恨也今已瀝懇拜章附遞入奏惟足下極力振援之某再拜

答黄宗旦書二首

秀才足下走僕枉書惠顧遷客幸甚幸甚且觀來書之旨似求知於某者何其誤也又以某嘗仕於朝與進士孫何丁謂交二子皆得高第謂某能知人矣復引人不易知知人則哲之義非知言也夫知人之道惟帝時難敢輕議哉某向之知二子之文業文者知之非某特知之也是二子取高第者命也某何力之有焉今足下之文二子之文也天下將知之矣豈止某之一人哉必曰立朝廷司文翰者

能以心之公私輕重於后進聞則非某之所聞也杜紫微
曰古之聖賢業大事鉅道行則不肖懼道不行則不肖喜
故有不公今進士者業微事細如其成名不肖未有所喜
懼何不公邪足下誠能知求名者文也成名者命也又何
求乎某之知邪又何后乎二子之名邪某白

同前

某白秀才黃生足下淳化初某自西掖貶官商洛生走僕
齎書且引孫何丁謂之事求知於我后一年某徵拜右正
言直昭文館改禮部員外郎知制誥召入翰林充學士留
闕下者二年生未嘗及吾○洎某黜守滁上生復辱書惠
文以尋前好是生不以位之高下專以道求於我也甚善

此行以上吾研齋補
鈔七葉
以史傳較之以下宋刻

甚善觀生之文辭理雅正讀之忘倦若與胡舍人論春秋
書述數千年事迹議數十家得失剖析明白若抵諸掌雖
古作者無以過此又顏子好學論援經而證事義盡而語
簡使薛邕生而自為之未必至是生道日益而文日新也
某前書所謂生之文二子之文也天下人將知之不誣矣
然而謀道者貴乎有益求知者貴乎盡心生之於我也厚
矣我之於生也其有隱乎何者某讀生正漢臣策對一章
文義誠為高古其間責晁錯不言王道謂漢文幾於王矣
以史傳較之責錯太重褒文稍過耳語曰擬人必於其倫
又曰人之有過各於其黨觀過斯知人矣說者曰小人不
能行君子之行非小人之過也夫行王道者禹湯文武周

公而已漢文何主哉言王道者孔子孟軻荀卿揚雄而已
晁錯何人也故子長稱錯學申商刑名峭直刻深者也是
以錯之對策不根古道直指時事而亦有譏焉其對國之
大體引五帝者蓋言漢文不能行帝道也對人情之終始
引三王者蓋言漢文不能行王道也對直言極諫引五伯
者蓋言漢文止正師納諫如五伯焉志在削諸侯尊天子
亦霸臣之極者也又其殺身奉國有足多者於王道則遠
矣故曰責錯太重者為是也夫西漢諸帝孝文最賢節儉
愛人誠得之矣幾乎王道則恐未能孟子稱仁政必自經
界始而漢廢古井田用秦阡陌是本已去矣禹會塗山玉
帛萬國一防風後至而殺之不赦周公於三叔親可知也

流言一作伐而滅之吳王稱疾不朝文帝賜之几杖養成大惡流患子孫行王道者果若是乎至於嬖鄧通為弄臣放賈生為王傅惑辛垣平之祅而黷祀五帝忿馮唐之諫而曰獨亡間處邪失德盈編不可悉數故曰褒文稍過者為是也雖然生以大儒之行專取王道亦無累於文也某以朋友切磋之道待生而有是說也生以為何如某頓首

答張知白書

某白校書先輩足下辱示籍田賦汙樽銘律賦歌行凡五章且以書先似有所質於僕者何過聽自損之若是邪豈所謂敏而好學不恥下問者乎僕雖不敏得不為足下少陳梗槩以叶大易同聲之義哉夫賦之作本乎詩者也自

兩漢以来文士若相如揚雄班固輩皆為之葢六義之一
也洎隋唐始以科試取進士而賦之名變而為律則與古
戾矣然拘攣〔變〕聲病以難後學至使鴻藻碩儒有不能下筆
者雖壯夫不為亦仕進之羽翼不可無也銘之義本乎鐘
鼎孔悝之家廟詳矣歌。又〔衍〕雜詩之倫也故書曰詩言志歌〔詞〕
永言又詩序云嗟嘆之不足則永歌〔詞〕之此其始也吁哉後
人流蕩忘反葢其得也薦宗廟播管絃其失也語淫奔事
詭怪而已凡是數者足下盡知之矣僕又申明之者欲足
下深識之也僕嘗隸東觀直綸閣者數年矣天下舉公以
文相售固亦衆焉如足下之文實亦鮮得況可畏之年日
新之業僕安敢測其涯涘乎来書勤。拳〔惓〕聊以此報某白

答鄭褒書

某白秀才鄭生足下前年八月僕自長洲令徵拜右正言直史館既滿歲遷左司諫知制誥天下舉人日以文湊吾門其中傑出群萃者得富春孫何濟陽丁謂而已吾嘗以其文誇大於宰執公卿間有業荒而行悖者既疾孫何丁謂之才又忿吾之無曲譽也聚而造謗焉以吾平居議論常道浮圖之蠹人者乃始為吾沙汰釋氏疏盛於髡褐之徒又云孫何著論以無佛京師鉅僧側目尤甚未幾吾坐事貶官商洛謗者得志唉如響而舌益滑也明年孫丁俱取高第又明年吾被召赴闕而謗𧫧稍衰今春吾自西掖名拜翰林學士天子寵遇任委過於往時而僧之不樂吾

者復以前事啅吠吾以為無能為也在內庭果百日而
罷然遷秩臨民恩也去近侍治小郡罪也將理裝之官有
進士林介者食於吾家七年矣私謂吾曰今茲詔罷貢舉
而足下出郡進士皆欲疾走滁上以文求知吾謂介曰為
吾謝諸公慎勿来滁上吾不復議進士之臧否以買謗矣
今攜文而来者吾悉曰韓柳也贄賦而来者悉曰裴李也
齋詩而來者悉曰陳杜也復加禮焉謗則弭矣區區者皆
是何其韓柳裴李陳杜之多也且吾學聖人之道受明主
之知三掌制誥一入翰林以文章負天下之望何其多可
易與胷中混混乎無分别之若是邪不如絶之可也介亦
以為然既登舟中夕思之心又甚悔夫士君子立身行道

是是而非非造次顛沛不易其心吾以一失職而不交賢士斯自弃也下車以来有進士皆接焉數日前得生書讀之因自賀曰向如前謀則失鄭矣洎與生語見生言訥而貌莊氣和而心謹吾益自喜於得生也退而閱其文句辭甚簡理甚正雖數千百言無一字冗長真得古人述作之旨耳會吾瘍生頤頷中心無憀未遑與生款生復貽書詆吾覽其言可謂直而不肆者也且出孫氏昆仲在陝郊時送生二序孫之為人剛果公正未嘗輕許可人序生之文情至而義切非生不能致其然也是生之道與孫丁同而命未偶矣吾又欲生謁滁之僚屬生固拒吾曰某數千里来所求見者執事耳詰他人非本志也又問生之抵滁舟

邪乘邪生曰徒步而至豈非不隕穫於貧賤者歟又非謀道不謀食者歟以生之文高行修也如此而患無所立吾不信矣生宜愛其生而有待也生之書首引孫丁之事故吾述其始末文不覺繁生持吾文而往道如孫丁者示之可也苟非其人不獨厚吾之謗也又將窒生之進也生志之七月三十日尚書工部郎中典滁陽郡王某頓首

答張扶書

秀才張生足下僕之登第也與子之兄為同恩生故僕兄事子之兄父事子之父子之於僕亦弟也子又攜文致書問道於我雖他人宜有答也況子之於我哉然僕頃嘗為長洲令因病起抄書得目疾不喜視書書不讀數年矣雖

强之少頃必息其目不數日不能竟一卷用是見僕道益荒而文益衰也又四年之中再為謫吏頓挫摧辱殆無生意以私家衣食之累未即引去黽勉於簿書間以度朝夕尚有意講道而評文乎為子力讀十數章茫然難得其句眛然難見其義可謂好大而不同俗矣夫文傳道而明心也古聖人不得已而為之也且人能一乎心至乎道修身則無咎事君則有立及其無位也懼乎心之所有不得明乎外道之所畜不得傳乎後於是乎有言焉又懼乎言之易泯也於是乎有文焉信哉不得已而為之也既不得已而為之又欲乎句之難道邪又欲乎義之難曉邪必不然矣請以六經明之詩三百篇皆儷其句諧其音可以播管

紘薦宗廟子之所熟也書者上古之書二帝三王之世之文也言古文者無出於(于)此則曰惠迪吉從逆凶又曰德日新萬邦惟懷志自滿九族乃離在禮儒行者夫子之文也則曰衣冠中動作慎大讓(諱)如慢小讓(諱)如偽云云者在樂則曰鼓無當於五聲五聲不得不和水無當於五色五色不得不彰在春秋則全以屬辭比事為教不可備引焉在易則曰乾道成男坤道成女日月運行一寒一暑夫豈句之難道邪夫豈義之難曉邪今為文而捨六經又何法焉若第取其書之所謂弔由靈易之所謂朋合簪者模其語而謂之古亦文之弊也近世為古文之主者韓吏部而已吾觀吏部之文未始句之難道也未始義之難曉也其間稱

樊宗師之文必出於已不襲蹈前人一言一句又稱薛逢
為文以不同俗為主然樊薛之文不行於世吏部之文與
六經共盡此蓋吏部誨人不倦進二子以勸學者故吏部
曰吾不師今不師古不師難不師易不師多不師少惟師
是爾今子年少志專雅識古道又其文不背經旨甚可嘉
也姑能遠師六經近師吏部使句之易道義之易曉又輔
之以學助之以氣吾將見子以文顯於時也某頓首

再答

秀才張生足下僕之前書欲生之文句易道義易曉遂引
六經韓文以為證生繼為書啟謂揚雄以文比天地而下
云云者甚乎哉子之篤於道而好於古者也僕為子條辨

之庶知僕之用心也子之所謂揚雄以比天地不當使人
易度易測者僕以為雄自大之辭也非格言也不可取而
為法矣夫天地易簡者也測天者知剛徤不息而行四時
測地者知含弘光大而生萬物天地畢矣何難測度哉若
較其尋尺廣袤而后謂之盡則天地一器也安得言其廣
大乎且雄之太玄準易也易之道聖人演之賢人注之列
於六經懸為學科其義甚明而可曉也雄之太玄既不用
於當時又不行於後代謂雄死已来世無文王周孔則信
然矣謂雄之文過於伏羲吾不信也僕謂雄之太玄乃空
文爾今子欲舉進士而以文比太玄僕未之聞也子又謂
六經之文語難而義奧者十二三易道而易曉者十七八

其難奥者非故為之語當然矣今子之文則不然凡三十
篇語皆迂而難也義皆眛而奥也豈子之文也過於六經
邪若猶未也子其擇焉子謂韓吏部曰僕之為文意中以
為好者人必以為惡焉或時應事作俗下筆令人慙及示
人人即以為好者此蓋唐初之文有六朝淫風有四子豔
格至貞元元和間吏部首唱古道人未之從故吏部意中
自是而人能是之者百不一二下筆自慙而人是之者十
有八九故吏部有是歎也今吏部自是者著之於集矣自
慙者弃之無遺矣僕獨意祭裴少卿文在焉其略云儋石
之儲不供於私室方丈之食每盛於賓筵此必吏部自慙而
當時人好之者也今之世亦然也子著書立言師吏部之

集可矣應事作俗取祭裴文可矣夫何惑焉又謂漢朝人莫不能文獨司馬相如劉向揚雄為之最是謂功用深其文名遠者數子之文班固取之列於漢書若相如上林賦諭蜀封禪文劉向諫山陵揚雄議邊事皆子之所見也曷嘗語難而義奧乎謂功用深者取其理之當爾非語迂義暗謂之功用也生其志之向有江翊黃者自謂好古僕見其文義尚淺故答之曰修之不已則為聞人今子希慕高遠欲專以絕俗為主故僕欲子之文句易道義易曉也孔子曰由也兼人故退之求也不及故進之亦僕之志也某頓首

答晁禮丞書

禮丞晁君足下某始識足下時年未冠身未婚逮今四十
有四娶妻生子長子復納婦矣足下策名十八載官未出
奉嘗丞青衫白髮司關市之稅某擢第後足下一年為尚
書起曹郎典大邦被金紫其間又再為制誥舍人一為翰
林學士以某之所得較足下之所屈用時態觀之某不為
不多然道不行則一也某褊狷剛直為衆所知雖強損之
未能盡去矣夫今之領藩服當衝要者必先豐廚傳以諂
人口勤迎勞以悅人心無是二者雖龔黃無善譽矣某皆
不能也唯官謗是待又眼病虛花不欲久視髭蒼髮白老
相見逼終日閱纏因呵吏胥於刑名錢穀重輕欺詐間用
機械以決勝負其於文學無一點墨落紙豈吾道之所欲

也今得足下書暨東陽西楚文賦二編覽之無斁乃知足下屈于官而大伸於道者也某鈍於道而微得於官者也江都彭門亭里連袠長淮芳草與春色俱綠把袂未期秉筆無賴强食自愛以俟大來不宣某再拜

上史館呂相公書

月日右正言直史館王某謹齋戒拜書有言於相公執事某累日前以久不修謁求見相府相公以某館中諸生召坐與語某竊不自料遂以書日歷為請相公因及史氏廢墜闕人編修且曰國子博士李覺屢以修撰平時政事某雖對以梗槩曾未畢辭退食徬徨不自寧處何哉古者守道不如守官故以弓招虞人而不進者不見皮冠之故也

某雖不才忝在史職至於記簡牘之事定襃貶之文不爲僭也李覺位列國庠當教胄子以詩書禮樂講誦誨誘而已又安得授之史筆哉今館中之士先進者有若金部員外郎安德裕左司諫兼直秘閣宋泌皆砥礪名節老於文學俾之修撰輿論歸焉其於後進十數輩不敢自衒慮有朋黨之刺也在相公熟叅之相公且曰史筆之難有三焉才也學也識也相公豈以館閣諸生才學識見皆不及覺耶則捨此而取彼可矣若猶未也相公又何如哉况朝行混雜也久矣唯三館兩制非文士不居一旦又輕之盡掃地矣必也相公盡至公塞浮議莫若徧召直館與覺聚而庭試以考之則是非較然矣若因而授之取笑千古之下

則某耻之相公亦耻之矧相公監修國史得不留意乎干
犯廊廟躬俟譴責某惶懼頓首

答丁謂書

學士謂之足下間者遞中書至且與詩俱書之所指皆中
吾病非謂之愛我不能至是之切也語曰邱也幸苟有過
人必知之傳曰過而能改善莫大焉易曰不遠復無祇悔
此皆古聖賢之旨吾將踐而行焉然書之所謂為善無近
名名者公器不可多得云者吾亦有答焉夫名之於人
亟且大者也蓋修之於身則為名節行之於世則為名教
名廢則教幾乎息矣且名惡可近邪惡可得邪苟無其實
雖欲近之遠矣雖欲得之失矣是以仲尼修春秋以名為

主故曰求名而亡欲蓋而彰彼齊豹者欲得不畏强禦之名而聖人不與三叛人皆欲蓋其惡名而聖人固書之甚哉仲尼之於名之急也今謂之第一進士得一中允而欲與世浮沉自墮於名節竊為謂之不取也又謂吾之去職由高亢剛直者夫剛直之名吾誠有之蓋嫉惡過當而賢不肖太分亦天性然也而又齒少氣銳勇於立事今四十有三矣五年之中再被斥弃頭白眼昏老態且具向之剛直不抑而自衰矣孟子四十不動心養浩然之氣先師五十而讀易可以無大過吾將從事於茲矣謂吾高亢則無有也何哉吾為主簿一年奔走事縣令為縣令二年奔走事郡守郡守即柴諫議成務也縣令即崔著作惟寧也今

皆存焉可問而後知也在三館兩制時倍吾年者皆父事之長吾十年五年者皆兄事之如是而謂之高亢使吾如何哉是葢以成敗為是非以炎凉為去就者謂之云當吾在內庭掌密命親我者不曰子高亢剛直將不容於朝矣又不當面折某人邪不當庭爭某事邪及吾退而有是說非知我者也夫子曰天之未喪斯文也桓魋其如予何孟軻曰予之不遇魯侯天也臧氏之子焉能使予不遇哉謂之又謂韓吏部不當責陽城不諫小事不當與李紳爭臺參以為不存遠大者吾曰退之皆是也夫守道不如守官春秋之義也今不仕則已仕則舉其職而已矣舜作漆器諫者不止君豈有明於舜乎事豈有小於漆器乎葢塞其

結尾連文後末行

漸也退之為大京兆兼御史大夫不臺叅蓋唐有制也故
退之引桂管中丞得免臺叅以自解則曲在紳矣吾又見
退之為袁州刺史故事觀察使牒部刺史皆曰故牒時王
弘中廉問江西以吏部鉅賢特自損曰謹牒而退之致書
懇請以為宜如舊制夫如是退之可謂當官而行何強之
有者也謂之其少詳焉雖然謂之之親我昆弟不能及也
吾敢不多謝而自悔焉東閩風土與中土異善飯自愛是
吾心也月日某頓首

宋王黃州小畜集卷第十八 校

吾研齋補鈔七葉
宋刻八至十七計十葉

宋王黃州小畜集卷第十九目錄

序

連前目録

宋王黃州小畜集卷第廿九

序

□□□□中書試詔臣僚和御製雪詩序

雍熙紀號之四年冬十有二月寶圖大昌歲律將暮日窮文而月窮紀方及送寒車同軌而書同文咸歸大化五行以之順序六氣以之和平繁雲翳空溶雪飄野至誠攸感愛當大蜡之期上瑞斯呈何止小康之兆其始也陰風淅瀝微霰悠颺散五穀之精華潤三農之畎畝上林未暖而花發禁柳不春而絮飛星榆之葉下青冥琪樹之蘂飄滄海點綴於五城雙闕飛飜於三市九衢溟濛而遠蔽耕壇凌亂而光生御坐天顏允悅臨軒乍滿於重瞳民心乂安

在野惟聞抃鼓腹則有天祿石渠之士鴻筆麗藻之臣覩是休祥聿陳歌詠風雅作矣見王化之興隆物情誘之動詩人之藻藻思同稱聖感互達天聰皇帝樂善忘疲誨人無倦詔令向所進者咸可屬而和之塤箎之韻相諧黼黻之華交映虞謌魯頌鏗鏘俱合於聲詩王後盧前頡頏各呈於鋒鋭賡謌既罷睿覽尤嘉於是宸睠曲迴王言煥發示天心之善誘降御製以作程稱賞良多激勸斯在遂使四方文士不敢言詩五膀門生咸思閣筆夫如是則周穆之詠黃竹秪因陰沴而興懷漢祖之謌大風但以壯士而為念未若我六出之瑞不愆伏於天時四始之興乃形容於盛德而又賜以聖作耀乎人文足可以播大宋之樂章躋

攀三代表聖人之能事糠粃百王且夫其言七同七星之垂象其句八同八音之治世其韻四若四時之成功有以見睿哲文思不徒然矣宜乎編羣彥之什附一人之詩煥此昌期傳為嘉集俾夫千古而下六義孔昭且知文物之大興君臣之相合也不其盛哉臣稽古寡聞效官無績荛庭擢第雖有玷於科名吳郡字人實久抛於筆硯序茲盛事頗媿非才亦猶清廟有儀必覆之以茅屋錦袍在御或尚之以褧衣幸獲紀於文明庶有光於賤吏臣謹序

三諫書序

臣聞前事者後事之元龜也是以讀二帝之典則首曰稽古帝堯又曰稽古帝舜以唐虞之聖尚考古道而行況居

三代之末乘百王之弊者乎臣遭遇大明叨竊名器更直
多暇閉門讀書見前代理亂之源覽昔賢諫諍之語念空
文之未泯痛直道之難行放逐以終而辭（詞）氣不屈布在方
冊千古如生茍舉而行之則其道未墜因採掇古人章疏
可救今時弊病者凡三篇其一以搢紳浮競。風俗澆漓率
多躁進之徒鮮聞篤行之士不移舊轍漸紊彝倫臣故獻
劉實（寔）。崇讓論其二以齊民頗耗像教彌興蘭若過多緇徒
孔熾蠹人害政莫甚於斯臣故獻韓愈論佛骨表其三以
選舉因循官常隳紊署置不已俸祿難充但蠹疲民罕聞
良吏臣故獻杜佑併省官吏疏斯皆事可遵行言非迂濶
亦欲使昔賢遺恨發自微臣前代遺文興於（于）聖主者也每

篇之末臣別有起請條目指陳時病稽合前文庶引古以
證今必朝行而暮復又自立問難綴於終篇斷在不疑以
絕浮議待罪之至引表具焉

東觀集序

士君子者道也行道者位也道與位并則敷而為業皐陶
益稷謨伊訓之類是也道高位下則垂之於文章仲尼經
籍荀孟楊雄之書之類是也洎三王道喪五伯風行有位
之人以彊兵為事業在野之士以小辯為文章雖兩漢過
其頹波而六朝蕩其餘燼天未厭德付於李唐然而三百
年間聖賢相會事業之大者正觀開元文章之盛者正元
長慶而已咸通而下不足徵也企及三代其惟聖朝我法

企字以下擡一字聖字上空二格

天崇道皇帝之宅天下也守堯之仁躬禹之勤奮成湯之武闡姬昌之文仁以布政故兆民之心歸焉勤以開國故九土之貢入焉武以定亂故奸雄跋扈彌焉文以化俗故詩書禮樂行焉是以儒教賢臣出事業昭於上文章爍於下德生人而未有道與皇而比崇天下文明我弗多讓然而漢文之代賈誼之道不行元和之時李賀之才自夭天弗與命位不稱才豈曰無時亦將有數故著作郎直史館羅君之謂乎君諱處約字思純其先京兆萬年人曾祖彖長安令彖弟袞有文學大名歷事僖昭二帝入梁為諫議大夫有文集行於代祖僅萬年令父濟皇朝太常丞處約九歲能賦詩十三通經義尤長於易故所為文必臻乎道

二十六御前擢進士第解褐宿州臨渙簿再命蘇州吳縣
宰得大理評事雍熙中被召赴闕試文於相府制授大著
作直太史氏面賜銀章朱紱以榮之明年乘使車將帝命
按獄訟於江浙採風謠於湘潭舉善發姦不避權貴雖被
劾者側目而君子是之不幸以淳化元年十一月卧疾終
於家年三十三亦賈誼李賀之儔也友人翰林學士尚書
祠部郎中知制誥蘇易簡左司諫知制誥王某以布素之
分哭之慟收其遺文灑淚編次勒成十卷以其終於史職
目為東觀集總歌詩賦頌私試五題雜文碑記書啟序引
表狀祭文凡數百章十萬餘言其間有東皐子楚義帝碑
録希夷子言書野叟壁數篇極乎天人之際者也味其文

知其志矣噫國初已來才有餘而位不至者若壽光李均
襄陽觀風從事郭昱太常博士董淳太子中允顗贊斯皆
贇志沒地垂之空文異日國家詔史臣修文苑傳此數人
者不可遺也使處約之名與之同列文亦無愧行又過之
亦足彰好文之朝得賢之盛也故并序其官氏拜章進御
乞付三館亦所以備史筆之闕文也

送寇家直西京還葬序

皇上省徽號之明年春正月尚書郎直宥密上谷寇平仲
葬先正少卿於西雒君命也外姻同位飲而餞之咸以為
哀榮之極矣初少卿之終也平仲尚幼葬是以緩洎平仲
十九登進士第三遷得佐著作尹成安縣成安大名之屬

邑大名少卿佐幕之地也親友間有以葬事為請者平仲曰未也於禮子為大夫父為士祭則大夫葬則士吾先人以懿文茂行中甲科遭時亂離終於下位今吾雖為王官尚未通籍苟贈典不及則吾先人陪臣矣若以士禮葬之吾弗忍也且非所以顯吾親而成吾孝耳議者聞之曰寇氏果有後於宋乎其志大也越明年遷殿中丞循恩例也時夏師未復兵食頗難乃詔平仲使西北邊歸上便宜因得召見試禦戎論稱上旨制授右正言分直東觀且以邦計之地吏緣為奸輟史筆之才試奏刀之利君子不器斯之謂歟會詔下百官各言邊事平仲慷慨拜章極陳利病天子壯之不數日擢拜虞曹郎寘於密地尋以天官之職

委焉出領銓衡入備顧問揚清激濁物論多之既而有司以平仲貴為侍臣當贈父母故少卿太君之並命行焉平仲於是卜地開阡擇日請告上可其奏贈禮有加翌日別堯階趍雒納金印紫綬白馬素車且護先太君之神柩祔焉禮也君子曰少卿之積善餘慶也既如彼平仲之遇主榮親也又如此詩云詒厥孫謀以燕翼子少卿有焉經曰立身揚名以顯父母平仲有焉群公著位明庭弗克會葬盍各賦詩取白華之義歌孝子之潔白乎直鳳閣王某序以冠其首云

送張詠序

令之縣尹古之諸侯自秦郡天下小國皆化為縣縣有政

聽郡條而後行縣有長觀守牧而後動秩卑祿微弗足自
庇固不暇使風俗之移易遠乎炎漢隆興始有重外之旨
故命郎官出宰百里之邑秩四百石尊其位厚其祿蓋欲
分君憂而求民瘼也由漢而下邑官益卑故梁竦有徒勞
之言淵明起折腰之歎儕胥伍吏區區於風塵間遂使抱
王佐者恥而不居黷貨利者稔而自處茍縣政有闕宰曰
吾將罷茲邑而適他邑烏用革焉縣人有病亦曰吾將捨
此民而涖他民烏用易焉觀其視一邑之政臨一邑之民
若行客之宅邸舍也待旦而去固無所惜焉風行雷同寖
而成俗良由國家小親民之任輕字人之官也致也將拯
其弊非聖人孰能制乎宋天王嗣位之五載親選貢士分

甲乙科中甲科者通理郡事乙科者專任縣政尊以廷評
之位重以使者之車縣政有闕得以擅革縣人有害得以
專易既革且易不康何待詩所謂能官人者豈獨美於文
王平清河張詠字復之本宅九河間少有奇節釣魚侍膳
外讀書無虛日秉筆為文落落有三代風今春舉進士一
上中選將我王命涖乎崇陽分君之憂使帝心休休乎求
民之瘼使民心熙熙乎江流之南郡大惟鄂鄂人得賢亦
孔之樂波映鸚洲烟藏鶴樓白雲芳草思古悠悠堂有鳴
琴足以振穆若之風樽有醇醪足以養浩然之氣維江湯
湯鑑其襟袖維山峩峩媚其戶牖鱠得魴鱸菓多橘柚吏
隱於茲足保無咎且優且游勿為江山羞復之勉旃云爾

送鞠仲謀序

皇宋嗣位之五祀余始隨計吏識鞠生於場屋中是歲余與生俱為御試所詘胥别輦下邈無音塵王八年春余第中乙科生以家艱不預於選閱同年之籍不下二百人無生之名為長太息矣洎余解褐掌簿書於成武縣即隋之戴州也庭有頑吏土無秀民或通刺而来者皆腐儒也以是供吏職奉晨羞外經句浹未嘗與人語居一日生款扉而来余既喜且媿蓋喜生之命駕而媿生之未禄也問其行則曰哀瘵之中不敢事筆硯而事家産姑以卜葬為事耳曰某之祖考洎季父俱以游宦終於理所今悉扶護歸將祔於故里且出中諫蘇公德祥餞行文序以示余夫

蘇公天下之名士也非生之博雅篤行又烏肯序以褒之
且述生自申抵陜歷河陽下洛都由浚郊而東至於高密
迂行曲塗殆近萬里（事具蘇中諫序中）非事父母能竭其力者孰
能與於此乎余因念家本寒素宅於澶淵梁季亂離舉族
分散叔父沒於兵而葬雷夏伯父沒於客而葬博閔太夫
人又族葬於濟當時叟名以乞丐自給無立錐之地以息
幼累况殯禮乎今茲起家位下俸薄接晨炊之不及况塋
域乎一旦覩生之行事良可慟哭意堂有嚴君徼得月俸
以奉甘旨則生之幸民也野有露骨無土地以厝窀穸則
生之罪人也誓將積餘俸市高原捧土起墳負骨歸葬以
繼生之行事則所願畢矣辱生之来起余以不寘之志受

惠多矣生之門第文學已備蘇公之筆故不書但感慨而
序云

送孫何序

天之文日月五星地之文百穀草木人之文六籍五常捨
是而稱文者吾未知其可也咸通以来斯文不競革弊復
古宜其有闘國家乗五代之末接千歲之統創業守文垂
三十載聖人之化成矣君子之儒興矣然而服勤古道鑽
仰經旨造次顛沛不違仁義拳拳然以立言為已任蓋亦
鮮矣富春孫生有是夫先是余自東觀移直鳳閣同舍紫
微郎廣平宋公嘗謂余曰子知進士孫何者邪今之擅場
而獨步者也余因徵其文未獲會有以生之編集惠余者

凡數十篇皆師戴六經排斥百氏落落然真韓柳之徒也其間尊儒一篇指班固之失謂儒家者流非出於司徒之職使孟堅復生亦當投杖而拜曰吾過矣又徐偃王論明君之分窒僭之萌足使亂臣賊子聞而知懼夫易之所患者辨之不早辨也斯可謂見霜而知氷矣樹教立訓他皆類此且其數千萬言未始以名第為意何其自待之多也余是以喜識其面而願交其心者有日矣今年冬生再到闕下始過吾門博我新文且先將以書猶若尋常貢舉人恂恂然執先后禮何其待我之薄也觀其氣和而莊辭直而温與夫向之著述相為表裏則五事之言貌四教之文行生實具焉宜其在布衣為聞人登仕宦為循吏立朝為

正臣載筆為良史司典謨顧(備)問為一代之名儒過此則非吾所知也豈止一名一第哉告歸許田序以為贈余非多可而易與者也凡百君子宜賀聖朝得賢吾道之不墜爾

送丁謂序

主上躬耕之歲僕始自長洲宰被召入見由大理評事得右正言分直東觀既歲滿入西掖掌誥且二年矣由是今之舉進士者以文相售歲不下數百人朝請之餘歷覽忘怠然有視其命題而罷者有讀數句而倦者有終一篇而止者或詩可采其賦則無有也或賦可稱其文則無有也能全之者百不四五况宗經樹教著書立言之士乎去年

得富春生孫何文數十篇格高意遠大得六經旨趣僕因聲於同列間或曰有遺陽丁謂者何之同志也其文與何不相上下僕未之信也會有以生之文示僕者覩之則前言不誣矣是秋何来訪僕既與之交又得生之履行甚熟且渴其惠顧於我也今春生果来盍以新文二編為書以投我其間有律詩今體賦文非向所號進士者能及也其詩效杜子美深入其間其文數章皆意不常而語不俗若雜於韓柳集中使能文之士讀之不之辨也由是兩制間咸須識其面而交其心矣翰林賈公尤加歎服是知道之尊人也豈位也乎哉學之富人也豈貨也乎哉今之不勤於道不力於學而望人之知者宜視丁氏子之道何如哉

告歸許田序以為贈

送王旦序

聖人籍千畝之歲元老膺三入之命王澤大賚廟謨惟新有善必舉有惡必去廼放鄭侯以肅京輔有以見善人為邦而不善者遠矣言念圃田擇賢而治用禦暴橫是資循良先詔侍御史范陽盧公牧而撫之次命殿中丞瑯邪王公通而理之皆能哲也王公即故夏官貳卿之子也以雄文直氣揚其父風以儒學吏才張為國器是行也所任雖小而所委重矣西門秋風壯闕行色四牡夙駕五馬迎郊朝僚知其得賢郡人歌其来暮右省諫官王某蹟鄭民之旨為詩以送焉辭曰昔我鄭邦厥守不良厥佐吐剛吾相

疾之吾君竄之我民用康今我鄭封其守惟公其佐惟通
吾相僉之吾君命之我民其豐榮。澤之獸溱水之魚泳爾
清流毓爾豐芻不弋不網與民同蘇匪我聖君匪我相臣
暴曷去兮賢曷舉兮革我苦兮為樂土兮

送戚維序

崇位厚祿人心弗欲者鮮矣然取之不以道昔人不貴焉
是知學古入官沉於下僚者非君子之恥也。鹽官戚君始
以儒雅受訓於庭復以文學策名於國終以廉平涖事於
官下筆到古人誦書得聖理家門嗃嗃敦大易之象親族
熙熙有遂古之風士流之家仰為模範用是而進雖位未
崇祿未厚固不為恥耳自釋褐已來縻郡曹沈邑佐顛躓

窮苦者二十年晨夕芳鮮曾未快志況温飫妻子乎去年叅常調選於天官始授郡主簿輦親挈子來即譙亳修吏職外日得以俸給躬薦甘滑綵衣煌煌色若自得古之稱孝子者殆將無及今年秋國家以蜀之令長闕而未補用是有遂寧之命公不以遐適爲念而以違養是患且曰退耕無田則伏臘寅酉其可虞乎進而取祿則温凊喜懼得無思乎藩羊其羸進退安據復自念曰與其千里負米孰若五斗折腰者邪一旦捧天書禀親旨拜手北堂膏車西下白華在詠心其搖搖劍閣倚雲遐指天末名利之役其若是歟噫導一人之澤福百里之民亦足行乎道也食有道之祿及高堂之親亦足光乎孝也割慈去里無庸介懷

矧皇朝平蜀已来宰邑相望於候館是以宋紫微由小著往楊侍御自拾遺出是役也安知遂寧不為大來之朕乎行哉勉旃勿以銅墨為媿耳

送譚堯叟序

古君子之為學也不在乎祿位而在乎道義而已用之則從政而惠民捨之則修身而垂教死而後已弗知其他科試已來此道其替先文學而後政事故也然而文學本乎六經者其為政也必仁且義議理之有體也文學雜乎百氏者其為政也非貪則察涉道之未深也是以取士衆而得人鮮矣官謗多而政聲寢矣吾友殿丞譚公其近者歟讀堯舜周孔之書師軻雄韓柳之作故其修身也譽聞於

鄉里其從政也惠布於郡縣先是君解褐得廷尉評尹部
陽縣湘民受其賜再命得通判犍為郡蜀吏畏其能會天
子欲廣視遠聽黜幽陟明詔廷臣之親信者採風謠於蜀
部復命之日奏君為理最亦既受代丞相以名聞且將召
對有日矣丁太夫人憂公聞訃號絕見星而行泣血三年
不交人事君子以為知禮服闋循常典除佐著作翌日有
司舉舊事以言制授殿中丞旌善政也議者謂君必直東
觀為史臣立一家之言垂千古之誡斯當仁矣而襄陽大
郡通理歲滿執事者以君塞詔焉人以為滯才君以為得
所蓋將葬父母植松楸焉畢婚嫁備榛栗焉然後邵陽犍
為之化復行江漢惠加於俗政聞於朝則排金門上玉堂

豈為晚也同雲四合臘雪將下釃酒敘別得無言乎

送牛晃序

令天下之士由科試入仕者以第進士為美名隸京官者以游三館兩制為近職釐外務者以任刺史二千石為親民語名郡者以丹陽為重地疇能兼之吾友隴西牛君有是夫君嘗倅二郡牧一州所在稱理有龔黃之政焉又嘗佐秋官詳廡獄事無枉撓有于張之風焉游館殿專筆削褒善貶惡有班馬之辭焉好風什多吟詠寒苦清麗有元白之思焉求外官能得大郡向所謂美名近職親民重地者君兼而無媿矣君是行也上有垂白之親下有趨庭之子家人嗃嗃而內熾兄弟怡怡而外和含飴弄孫盡高堂之

毎行廿三字

樂腰金拖紫居百城之長為儒之榮至矣為子之道光矣其當報吾君而惠吾民乎勿使采詩者聽伐檀之刺也

送李巽序

古者設關所以禁來游為市所以通貨殖後世因而有稅焉亦以資國用而佐地征也歷代便之未嘗或改舊制皆委郡縣署胥徒以掌其務故侵漁自奉利入於下割剝公行怨歸於上不有釐革孰為經久國初已來始用儒臣以涖之錫之皇華尊其任也委以利柄觀其器也是以周行之士由此而進焉端拱元祀夏六月詔以光祿寺丞李公督婺州關市之賦遵歷試也君建陽人少以文章干祿江表神德平吳之六年皇上嗣統之三載始隨計偕求試於

大宗伯君尤善辭賦得貞元長慶時風格如土鼓蜃樓數
篇皆辭理精妙出人意表故秉筆者許之僕時在場屋與
之游者凡三年同登乙科交分益至是以君之文行可得
而熟矣宜乎立丹墀奮鴻筆作邦家之秀為縉紳之光而
適海隅釐冗務者何哉葢建谿婺女實隣境也君離邦去
里自閩之蜀官歷再命年將一紀堂有親老室有妻子是
行也道未暢於國孝可成於家也士君子聞而榮之噫行
道之要利不如義立事之幹義不如利昔君佐管城宰晉
原撫民人親稼穡非謂義乎今君奉朝命臨外司斂關征
助經費非謂利乎乂以行之利以幹之政成歸朝何往而
不濟上國殘暑江天早秋涼風入懷舊物在目郡守迎勞

鄉人詠歌徼四牡以讌使臣唱白華而延孝子梃軺車於
故里侍板輿於任所有道之祿得以及親無外之時得以
聚族綵衣奉養何樂如之至止之日為我登八詠樓賦新
什以寄遠即嘉惠也懷安敗名樂不可極仲權其志之

諸朝賢寄題洪州義門胡氏華林書齋序

吾讀兩漢書見制誥一下未始不以學孝悌力田為急宜
其風俗淳厚宗祖長久矣今天子大孝如舜至仁如堯耻
言霸圖純用帝道然而乘五代之疵國化百年之汚俗以
為非孝悌不足以敦本非旌表不足以勸民南昌舊都胡
氏大族一門守義四世不析乃降詔命旌其里閭聲聞於
天風化於下大哉聖人之於孝治若是之極也自爾胡氏

言霸圖以下吾研齋補鈔

登進士第者二人授助教者一人今歲壽寧節胡氏子有
獻華封之祝者上益嘉之制授試祕書省校書郎面賜袍
笏勞而遣焉且頒御書以光私第由是有位於(于)朝有名於(于)
時者校書皆刺謁之且盛言其別業有華林山齋聚書萬
卷大設厨廩以延生徒樹石林泉豫章之甲也願得詩什
夸大其事自舊相司空而下作者三十有幾人詮次官紀
爛然成編再拜授予懇請為序夫南陔白華古詩人之美
孝子也有其義而亡其詞仲尼存其篇子夏序其意束晳
補其文況身被皇朝之化目覩孝門之事有是歌(謌)詠播於(于)
聲詩而序引無聞文士之闕也且使後之採詩義觀國風
者將何取實焉時淳化五年十月十五日序

周易彩戲圖序

先師曰飽食終日無所用心難矣哉不有博弈者乎為之猶賢乎已此言心無所據則淫慾生焉故雖博弈可也自博而下戲之雅者自李郃彩選士子多為之復有參陰陽家流列神仙之事為銷夜選仙圖者亦行於世蓋為戲不同同歸於無益也戲而有益者其周易彩戲圖之謂歟同州節度推官試大理評事岐君賁登進士第尚奇好古獨行寡合文學之外尤耽易象善戲善誘製為此圖取大易六十四卦三百八十四爻除乾六爻君象也人臣不敢為戲自餘每爻當碁子一路爻有吉凶子有賞罰遇謙謙君子者終局有賞而無罰遇以訟受服者終局有罰而無賞

周旋曲折至於（于）大方此圖勢也以骰子三（二）隻得陽九陰六
之數者先之此局例也又以黃裳元吉人道之具美遇之
者不爭而勝矣上至龍戰於（于）野其血玄黃則贏輸未可知
也得陽九之彩者勝焉故起於（于）屯而終於（于）坤也俾夫消息
盈虛之道吉凶悔吝之理談笑抵掌斯須不離易象不習
而自精人心雖戲而無蕩大哉岐君之用心也可與投壺
鄉射揭而並行比（去）夫雜戲遠矣好事君子得不家藏而時
習乎

宋王黃州小畜集卷第十九　校

宋刻十四葉末二葉吾研齋補鈔

鈔無比字夫改去

宋王黄州小畜集卷第二十目録

序

送廖及序

送李䕫學士序

送柳宜通判全州序

送翟驤序

送徐宗孟序

送江翊黃序

連前目録

提行

宋王黃州小畜集卷第五十

序

□□□□ 詔臣儞和御製賞花詩序

臣聞周文靈沼詩人著魚躍之詞漢武橫汾史氏載鴈歸之什義存小雅語煥青編屬在昌朝繼茲盛事我法天崇道皇帝誕膺駿命光啟鴻基當千年下武之期為一代好文之主皇墳帝典窮步驟於宸機璧宿奎星煥文章於御筆然而動循禮法志尚憂勤來燕來宜式叶鳧鷖之詠弗灑弗掃恐招蟋蟀之譏于時淳化之年暮春之月蓂莢初生於一葉牡丹乍拆於千苞乃召侍臣爰開曲讌入內園而洞啟望綺席以霞舒風遞鳴梢乍見七香之輦波揺水

殿齊瞻八彩之眉懽呼方到於軒墀侍從共登於欄檻親
承睿旨競翦宮花露瀼冠纓表君恩於湛露香籠襟袂雜
帝座之天香次臨積翠之池咸舉不綱之釣忽宣奇韻俾
賦新詩既奉詔以援毫各爭妍而構思天顏咫尺强叩於
蕪音聖語褒揚實同於華袞俄頒御製復見宸蹤兼堯舜
禹湯文武之才備鍾王歐虞褚陸之體詠歌無斁傳翫為
榮怳若夢中入閬苑瑶池之景渾疑天上得金簡玉字之
書既而尚輦更衣保章告刻觀乳魚而罷釣自契深仁思
中鵠以為娛未忘習禮於是奏騶虞之節挽烏號之弓振
振盤石之子孫赳赳登壇之將帥心平體正發金鏃以無
虛目駭神驚捧金罍而獻壽堯罇瀲灎舜樂鏘洋合經義

於五豝自同往諧逞雄心於一豕堪誚前王不醉無歸盡
歡而罷越明日復出御製賞花之什十五章五章章八句
十章章四句首示輔臣次傳近位文含五緯韻叶八風鏘
乎治世之音大矣經天之作雅頌之道雖易俗而移風元
首之謌亦君唱而臣和讓章雖上宸吉弗移況兩制三館
之臣幸當文理美千載一時之盛寧寢頌聲各進數章共
成一集雖群星向日更無暳彼之光而衆草偃風亦助穆
如之勢其間有燃萁欲速既醉成篇或體律未諧或風騷
無取上咸令甄錄曾不棄捐亦猶朝百谷於滄溟未嘗辭
露會九江於雲夢足得包荒臣敘事非工言詩鮮妙五吏
寫詔無王勃之雄才百僚和詩非太真之高等久在育材

之地躬承善誘之恩用紀文明輒為序引書之國史何慙天馬之歌垂作人文不愧景龍之集謹序

馮氏家集前序

仲尼以三百篇為六經之首以其本於人情而基於王化故也然而刪其義次其章繫乎國風雅頌而已不顯乎人之氏族也洎卜商作序篇之首始或著焉若鴟鴞之什直云周公救亂也成王未知周公之志公乃作詩以遺之蕩之什又云召穆公傷周室大壞雲漢之什亦云仍叔美宣王之類是也其餘或稱國人怨而作是詩也或稱大夫刺某王某公也故詩人名氏闕者多矣逮乎離騷則自云帝高陽之苗裔朕皇考曰伯庸後之人故知其屈平也且夫

删詩無聖人序詩無子夏採詩無古官則作詩者得不以家集自見乎蓋存其詩人可知矣察其人國可知矣詩之集也豈徒然哉亦國風雅頌之遺制耳馮氏家集者故江南常州觀察使始平馮公之詩也公諱謚字某其先彭城人也唐末避地徙家壽春當李氏之建大號也公之長兄某實為國相公亦以文章器業歷踐清顯典掌誥命出入臺閣者十數年然以氣直道孤嘗被放弃進退以道識者是之周顯德中將平淮甸公以起部貳卿為東都副留守江南以揚州為東都王師之傳維揚也公督勵士卒堅守不下竟以援兵不接城陷而來世宗一代真主素聞公名見而奇之曰忠於所事名節之士也擢拜太府卿留闕下三載公朝

提行

請之暇與中朝卿大夫以詩酒自樂篇詠間發傳於人口令首台李僕射方掌内制與公卜鄰投分頗厚故集中有贈李學士詩云鄰居纔十步交分已三年既而江南割地内附願比藩臣世宗許之因授公尚書刑部侍郎且令持節歸國南轅之日揆相賦詩一首書羅巾以贈之公答云羅巾揮逸翰送我出夷門保惜安懷袖流傳與子孫其與時賢相知也如此公既歸故園慨然有挂冠之意李氏待之益厚不得已復授中書侍郎歷吏部尚書遂有毗陵之拜實以某年某月日終於位太祖平吳之歲金陵羅於兵火士流書史盇煨燼矣隸公府者僅有存焉初公嘗以所業文集獻於本國至是亦入貢矣為下揆相賜得公詩集張本俄而公

此行廿三字

之諸子歸於朝廷首台猶為翰林承旨見公之子弟憮然
有故人之念且徵其家集焉對以兵戈之中喪失殆盡相
國歎息久之且曰上嘗以江表圖籍賜於近臣時太祖末年故云上
某獲先君子詩一編凡百餘章嘗耽味之混同已來僕得
全集今盡亡矣子孫何觀焉遂出而付之因得傳寫於昆
仲間公之季子太子中允伉字仲咸某之同年生也某去
歲自西掖左官來商於仲咸方佐是郡居一日攜家集相
示且具道其始末焉某再拜而受之三復而閱之見其詞
麗而不冶氣直而不訐意遠而不泥有諷諭有感傷有閑
適落落焉鏗鏗焉真一家之作也惜乎公之文不可得而
見矣公之詩幸可得而傳矣公之志從可得而知矣匪獨

藏於家亦將行於世後之人有如吳季札者國風可辨也有如韓宣子者周禮可見也豈徒錄遺文彰餘慶而已哉瞿公曰一死一生乃見交情李相之謂乎周太史曰不在其身在其子孫者馮氏之謂乎盛乎哉公之長子僎今泰州海陵令次子偘國子博士並文學策名於江左次子儀岳州推官次子价渝州從事暨仲咸皆登御前進士第與夫諸弟諸孫奉箕裘服名教詵詵濟濟馳騁於好文之代庸詎測其涯岸乎夫如是則公之負偉才遇多難入為王官終於陪臣位雖至而道不行矣天其或者貽於後嗣而行於聖朝邪君子是以知馮氏有後於宋矣某辱同年之顧覽文人之作敢序梗概少揚休美庶垂於不朽焉先是

公之孫玄度自序先集附於篇末故某之所述特曰前序云時淳化三年正月五日序

皇華集序

古者天子五載一巡狩肆覲群后觀省風俗黜陟幽明而已後代沿革命使巡行兩漢已來其任尤重非稽古有識之士不得與焉皇上黜霸道立民極褒扱秀茂輯寧黎元以為四海之大蠻夷殊於華夏非號令則教不被兆民之衆惸嫠困於豪右非詢問則情不達百吏之廣循良雜於苛暴非考覈則人不勸舉行幸之典慮供億之勞乃詔輔臣精擇邦彥按郡國之政張朝廷之威召於延英授以密旨應是命者凡若干人濟陽丁君實使閩越君始以文學

高第進復以政事課最聞朝僉曰然帝命惟允君之出也名賢惜其去天子重其任惜其去者以為書典謨備顧問惟君稱其職矣重其任者以為八州之政萬里之俗非君孰可使矣於是黃樞密勿之臣青宮調護之客兩制三館造士名儒咸賦詩以送總若干首今春赴朝集之期奏風謠之事虛懷見納前席移時黜者無怨言陞者無異議盡以民瘼達於帝聽上心豁如咸可其奏重慰遠俗勞而遣之都門祖行即席探韻又得若干首合為一集播於四方遒出維揚以序為請敢徵古義命曰皇華年月日序

商於驛記後序

有唐都長安三百年商於為近輔地望雄劇亞於同華其

提行

擇用郡守皆尚書名郎暨諸寺少列入拜中丞諫議者往
往有之自大歷貞元之後王室微弱李希烈陷大梁李錡
繼叛由是汴路或不通焉吳越江淮荆湘交廣郡吏上計
皇華宣風憧憧往來皆出是郡葢半天下矣故郵傳之盛
甲于它州會昌中刺史呂公領是郡新是驛請翰林學士□□
承旨户部侍郎韋琮文其記太子賓客柳公權書其石祕
書郎李商隱篆其額皆一時之名士也觀其文不獨記斯
驛之盛大率頌呂公之政耳自唐風不競甹入於于梁長安
廢為列藩商於化為小郡軺車罕至傳舍孔卑古驛無餘
遺文空在運歷五代時踰百稔痛乎呂公之政事三賢之
文翰世莫得而聞也皇宋淳化三年詔太子中允始平馮

抄本空二格

公知斯郡才大務簡居多閒暇一日讀商於驛記見數字刓缺慨然歎之且慮碎於樵牧之手亟命移徙立於便廳四賢之風想象在目俾夫後之好事者模印傳寫無翼而飛自馮公始也馮公名伉字仲咸嘗策名於江左歸朝由同州户曹掾舉進士得御前第某之同年也式序始末題於石陰呂公記不書名蓋貴之也又惜其今之人弗遂知矣地僻無書未獲討閱俟學唐史者補其闕文某年十月十九日序

右街僧録通惠大師文集序

釋子謂佛書為内典謂儒書為外學工詩則衆工文則鮮并是四者其惟大師大師世姓高氏法名贊寧其先渤海

人隋末徙居吳興郡之德清縣祖珝考審皆隱德不仕母周氏以唐天祐十六年歲在己卯某月某日生大師於金鵝山別墅時梁貞明七年也武肅王錢某專制江浙後唐天成中出家清泰初入天台山受具足戒習四分律通南山律長興三年武肅薨文穆王諱嗣位大師聲望日隆文學益茂時錢氏公族有若忠懿王諱宣德節度偡奉國節度使億越州刺史儀金州觀察使儼故工部侍郎昱與大師以文義切磋時浙中士大夫有若衛尉卿崔仁冀工部侍郎慎知禮內侍致仕楊惲與大師以詩什唱和又得文格於光文大師彙征授詩訣於前進士龔霦由是大為流輩所服時錢塘名僧有若契凝者通名數一支謂之論虎

似有脱文

太宗提行

今上提行

常從義者文章俊捷謂之文虎大師多毘尼著述謂之律虎故時稱四虎焉署本國監壇又為兩浙僧統歷數十年像法修明緇徒整戢太平興國三年忠懿王攜版圖歸國大師奉真身舍利塔入朝太宗素聞其名召對滋福殿延問彌日別賜紫方袍尋改師號曰通惠故相盧朱崖深加禮重參知政事李穆儒學之外善談名理事大師尤為恭謹八年詔修大宋高僧傳聽歸杭州舊寺成三十卷進御之日璽書褒美居無何徵歸京師住天壽寺參知政事蘇易簡奉詔撰三教聖賢事迹奏大師與太一宮道士韓德純分領其事大師著鷲嶺聖賢録又集聖賢見跡凡一百卷制署左街講經首座至道元年知西京教門事今上咸

我太祖提行

平元年詔充右街僧錄先是故相文貞公懸車之明年年
七十一思繼白少傅九老之會得舊相吏部尚書宋琪年
七十九左諫議大夫楊徽之年七十五郢州刺史判金吾
街仗事魏丕年七十六太常少卿致仕李運年八十水部
郎中直祕閣朱昂年七十一盧州節度副使武允成年七
十九太子中允致仕張好問年八十五大師時年七十八
凡九人爲文貞公將讌於家園形於繪事以聲詩流詠播
於無窮會蜀寇作亂朝廷出師不果而罷今九老之中李
宋楊魏張已先逝矣大師年八十二視聽不衰於本國歷
武肅文穆廢王忠懿凡四世於朝歷梁兩帝後唐莊宗應
順清泰晉高祖少帝漢高祖隱帝周太祖世宗梁王我太

我太宗今上皆提行

祖英武聖文神德皇帝我太宗神功聖德文武皇帝通今
上凡十五朝而能受洪範嚮用之福處浮圖具瞻之地豈
所謂必得其壽必得其位者乎大師以述作頗多敘引未
立猥棠見託不克固辭總其篇題具如別録凡内典集一
百五十二卷外學集四十九卷覽其文知其道矣因徵其
世家行事備而書之使後之傳高僧銘塔廟者於兹取信
云

送鄭褒序

閩人鄭生成之舉進士來輦下會詔罷去枉趾滁上是歲
日官置歷閏在孟秋暑之煩酷於前一朙為甚某性不能
音耐熱每見生不表絺綌而出且慮生怒某之失禮生退則

臥涼軒更僕交扇而流汗不減因留生俟秋而行生曰褎有母且老向之去數千里别數百日者欲干名而顯親故雖遠且久若褎之在母左右也今詔已下將及闈及闈則鄉人必以告句吾母必算程數日以待褎也後一日即貽母之憂用是不敢聞命矣某曰生其純孝歟昔頴考叔以遺羮之意感鄭莊公邱明美之某無怙恃不足以應生教為生泣而賦詩亦足以警世之為人子者

孟水部詩集序

余總角之歲就學於鄉先生授經之外日諷律詩一章其中有絶句云那堪雨後更聞蟬信絶重湖路七千憶昔故園楊柳岸全家送上渡頭船余固未知誰氏之詩矣及長

聞此句大播人口詢於時輩則曰江南孟水部詩也游宦
已來求其全集卒不可得咸平己亥歲余自西掖出領齊
安未幾詔除太子中舍孟唐為黃州司馬訪其氏族即水
部之子也因捧其家集且請為序水部諱賓于字某生於
連州其先太原人故其詩云吾祖并州隔萬山吾家多難
謫郴連幼擅詩名吟咏忘倦後唐長興末渡江赴舉歧帥
李泰王曮館於門下晉相和魯公凝禮部王尚書易簡翰
林承旨李學士慎儀刑部李侍郎詳咸推薦之由是詩名
籍甚游舉場十年故有十載戀明主之什凡八章五上登
第故詩云兩京遊寺曾題牓五舉逢知始看花晉天福甲
辰歲禮部符侍郎蒙門人也尋以拜慶就養歸於長沙當

太祖提行

馬氏專據湖湘大開幕府遂以賓席縻之俄出為永州軍事判官歷陽山縣令漢乾祐末馬希廣兄弟鬩牆尋戈不已江南李氏命邊鎬為將以兵陷湖南盡俘馬氏之族於建康水部遇亂無依携光啟年縣印歸於金陵李氏方僭稱唐得之甚喜故有水曹朱紱之命頃之辭歸玉笥山著道士衣吉州高使君奏為郡倅不得已用冠褐就職旋歸舊隱是時江左士大夫若昌黎韓熙載東海徐鉉甚重之會高越以江南命使廻嶺表訪其所居同舟而出強起為豐城令既而引去嬉遊吟嘯者二十年老求致仕得本曹郎中分司南都服章金紫江南以洪州為南都太祖平吳以老病不任朝謁聽還故里後以令終有金鼇集者應舉時詩也湘

注在金紫下不誤

東集者馬氏幕府詩也金陵集者李氏詩也玉笥集者吉州詩也劒池集者豐城詩也總五百五首今合為一集以官為名盖古之詩人多求水部何遜張籍是也唐之詩流多出孟氏浩然東野是也況姓氏官紀萃於（于）一家又其沒後二十餘年得余為序足以振令名而雪遺恨也至於（于）雅澹之體警（警）策之句知詩者開卷可見矣此不復云

送薛昭序

今上即位之五年庚辰歲僕始隨計吏来舉場中聞用晦名籍甚有司考藝俱登甲科覆試殿庭不中上旨雖命未遇而交愈親矣故僕送用晦下第詩有明年同醉杏園春之句擢第之日卒如斯言補吏以來於（于）今八載洎僕歷東

觀踐西垣遷諫官掌書命殆三年矣而用晦尚以光祿丞領維陽關市之賦青衫瘦馬受代而來囊括其文未始衒露何其自待之多也先是用晦之在淮海也雖屈其才亦幹厥事故司漕運按風俗者奏課以聞至是或謂用晦曰可移文相府請疇前勞則增秩之命可得矣用晦聞而拒之曰非知言也吾學古聖賢之道以取祿位不幸而司筦庫又烏以羨財而為功乎如有用我者則闕譏而不征矣豈終為俗吏耶士君子聞而壯之內翰武功蘇君即辭氏之出也視用晦為外兄敦勉誘激俾獻文以自試不得已而從之始以所業四十編拜章進御天子嘉之試於鳳閣文不加點數刻而成燦乎千言聳動臺閣翌日循近制改

著作佐郎延英中謝上又譽之未幾有建陽通理之命是行也位雖未充而名以大矣恩雖未渥而知則深矣詎非歷試之漸大來之階乎且將慰慈母省元昆浮舟東下吟嘯山水閩之才子得以師其道閩之遠俗得以觀其政又何窮達先後之足云乎於〔于〕是兩制三館之士為謌詩以餞行且命不才序冠其首

送上官知十序

古者大夫三月而葬戰國已來禮文殘缺葬祔之制動或踰年筮仕者復貪功好名率曰忠臣不得為孝子甚無謂也故吏部著式祖考未葬者不與調選亦救弊之一端耳今聖人以禮示萬方以孝治百姓陳力就列上得忠於〔于〕國

生事死葬下得孝於家臣子之道煥乎有光中吳通理奉
常丞上官公起家倅於洋再命涖於蘇丁先明府憂喪問
既至奪情詔來銜哀在公綽有勤政越明年國家展圜邱
之禮灑漏泉之澤幽明存歿靡不霑浹贈先明府太子洗
馬亦既受代飛章帝閽請改葬於高密詔許之先明府爲
宰宇之官有循良之譽貞遜田里鄉人法之又見其子擢
進士第歷廷尉評遷大匠丞登朝爲贊善大夫令終之日
鍾是賁飾非積善有後疇能與於此乎是行也郡縣郊迎
父老改觀褫朱紱具纁裳號窀穸之前火絲綸之命外姻
同位得無羨歟蘇臺郡守士庶榮而餞之長洲長王某屬
邑也序以志云

送廖及序

澤被天下者天下人戴之為帝皇化行一國者一國人望之如父母故五等諸侯南面而治皆人君也但隆殺有異耳仲尼不恥中都之小者行乎道也宓子賤巫馬期盡心殫力一邑者為乎人也豈以位之高下為意乎今之宰邑者異乎是哉不顧已之道不卹民之病卒曰吾恥折腰也歎徒勞也曾不知十室之邑必有忠信況百里乎彼百里之民尊其宰而望其惠矣苟施澤於下盡禮於上固邑宰之職然也矧未能愛下而欲慢上耶是則天子利及百姓教流萬國不當父天母地修圓邱方澤之禮矣所以然者不自大而示有所尊也況民下哉宰邑者其志之鉅鹿古

之名郡也今之邊邑也戎車未息民賦且繁慘舒之權雖
制於郡國字育之道亦繫於令長廖君由文學之科探政
事之要是行也當行道而惠人矣肯以下僚為念哉

送李夔學士序

唐韋處厚由考功員外郎出刺盛山為詩十二章當時名
士自元白而下皆和之韓文公為之序以為考功顯曹盛
山僻郡非處厚道勝自遣不能樂於詩什流播編簡以為
美談司封李學士常以文行策名江左上即位之二祀鑠
廳舉進士中甲科在館殿十餘年其間司外計典大郡亦
榮矣又以名曹史職出佐廬江而怡然自得何道勝之若
是邪將見乎吟詠江山傳聞輦轂俾朝之名士若元白者

皇家提行

屬和成集其希韓者也願為序以繼其美告行有期聊以為送。

送柳宜通判全州序

河東柳無疑江左之聞人也在霸國時裼衣上疏言時政得失李國主罷之累遷監察御史多所彈射不避權貴故秉政者尤忌之繼出為縣宰所在有理聲皇家平吳之明年隨偽官得雷澤令雷澤僕之故里也始與之交逮今幾十五載逮尹三邑州縣之職困於徒勞居低摧窮辱之中有死喪疾病之事旅鬢生雪朱衣有塵知其氣業者共惜之淳化元祀始以任城宰來抵闕下攜文三十卷叫閽上書且請以文筆自試天子壯之下章丞相府翌日召試且

吾君提行

舉漢時以粟為賞罰事使析而論之無疑援引剖判燦然成文吾君吾相皆以為識理體而合經義也故改官芸閣通倅湘源其官尚卑其郡亦小然由文藝而取故有識者榮之與夫諂權媚勢奴顏婢色因採風謠司漕運者言而得之者遠矣於是沿汴達淮浮江湖入湘潭是時也可以吏隱未可以行道況江山猿鳥雲泉竹樹為天下甲民訟甚簡兵賦甚鮮固可卧而理也姑能致身於不才之間放意於無何之域則又不知縣令為著作邪著作為縣令邪或過故國動黍離之情傷遠行有于役之念歎下位起山苗之刺則於道遠矣於生勞矣勉哉無疑善飯自愛

送翟驤序

皇朝提行

士君子謂不由進士第者爲終身之恥貴而不歸者有夜
行之刺祿不及親者立不仕之戒兼此三者士龍是行之
謂乎士龍嘗策名汀表有年矣皇朝平吳之明年始歸於
我兵革之後旅食於京師懸於養親不暇擇祿因隨僞官
署一簿於雷夏考滿改一尉於彭城折腰作吏六七年矣
混冗名之徒食有道之祿士龍恥之八年復舉進士科中
第迁從事於廣陵廣陵即其里也故廬半空喬木斯拱物
華人事依然舊情飄飄綵衣奉版輿而東下昆弟妻子羅
列目前手調蓴鱸躬掃墳墓孝子之願畢矣噫大丈夫得
其時而行其道者必能師表一世利澤百姓匪獨善人之
謂也然立大功居顯位必由乎命士龍豈無志乎姑見其

夜行上有錦衣二字

策美名歸故里侍偏親亦旅人之小亨也行乎哉士龍宜
自愛

送徐宗孟序

余去年出內庭臨滁上境與合肥接聞其郡大獄煩號為
難治而使車游客往往道從事徐宗孟者能佽助長吏咸
得其中未幾以書遺我見其文好奇而尚義者今年果被
召赴闕路出吾郡與之言又見其孜孜不忘於仁義也宜
乎慕孟軻而名焉且從余乞言因書以為送

送江翊黃序

僕直翰林時進士錢易數以文相售其中往往有贈江翊
黃詩怪其名異於常所謂進士者今京西轉運太常姚丞

前空二行

鋐赴職時來與余别盛言生之才用是於生之名甚熟不
知果如何人也夏六月自内庭謫官滁上下車數日生縫
掖而見觀其風骨秀朗朗言論和雅則錢之交姚之薦斯得
之矣又繼之以文好古近道趣趣向不俗修之不已可為聞
人况一第哉遽來告行書此為送

丙午二月二十又五日雨窗校此卷連日得雨米價稍減然猶斗米四百餘文也

宋王黃州小畜集卷第二十 宋本

宋刻本校 十六葉

宋王黄州小畜集卷第二十一目錄

表

□□□□□為宰臣上尊號表

為宰臣謝御書錢樣表

謝賜御製逍遥詠秘藏詮表

為宰臣謝賜御製謌詩表

為宰臣謝新雕三史表

謝賜御草書詩表

謝御製重午詩表

陳情表

謝免和御製元日除夜詩表

賀正表

謝歷日表

進端拱箴表

謝賜御製月詩表

謝賜御書字樣錢表

單州謝上表

進乾明節祝聖詩表

謝衣襖表

滁州謝上表

謝加朝散大夫

謝賜聖惠方表

表

□□□□為宰臣上尊號表

內外文武臣僚具官趙某等言今月二十一日共干天聽別上尊名奉宸翰以未俞慮精誠而不至戴天就日猶懸億兆之心伏閤叫閽寧避再三之黷臣等中謝聞運行四時者惟天之大照臨萬國者惟日之明天不宰其玄功而有蒼旻之號日不耀於陽德而有畏愛之名是以居廣大而罔辭處貞明而弗讓葢功德著乎上而名號隨於下矣前王後聖茂實英聲取譬於茲其則不遠伏惟皇帝陛下繼天而王如日之升靜則垂堯舜之衣裳動則仗武湯之旄

提行

連前目錄

提行　提行　提行

鉞明堂制禮走玉帛於萬方宣室崇儒煥文章於三代侯
氣而八風從律陳詩而萬物由庚既理定以功成尚宵衣
而旰食早以兆民燮戴羣后推崇率由舊章共上徽號陛
下謙讓不得已俯而從之雖百姓同懽方諧歸美而一人善
下終恐近名昨者法天道以流謙敷王言而如綍謂大道
不罷何假先天之言謂聖人無名豈須惟睿之說盡除尊
號頗駭羣情臣等奉詔靡遑再章請復陛下過防滿假終
未允俞守謙卦之六爻動而無悔去湯書之七號卑不可
踰遂使中外包羞軍民沮色既難移於成命乃别獻於嘉
猷共傾天誘之衷用紀日新之德著龜叶吉蠻貊同文咸
願聽卑以期得請陛下特迂鳳藻猶避鴻名固愈振於謙

提行

提行

光奈重違於人欲而況皇王顯號今古彝章上則尊列聖之貽謀光輝七廟下則稱庶邦之係望威服八荒凡在含生共觀休烈豈可執勞謙之小節廢立極之大名居軒昊之至尊慕巢由之獨行此臣等之所未諭也陛下之所奉取也臣等不勝大願敢固請上尊號曰法天崇道文武皇帝庶得將順謙冲之日惟新徽懿之名免使聖朝有茲闕典跼天蹐地罔敢自安碎首糜軀期於必遂臣等無任區區懇迫之至

為宰臣謝御書錢樣表

臣等伏蒙聖慈賜御書三體字樣錢各一貫文者五銖新樣貨泉將布於人間三體成文筆札互彰於天縱出爐冶

提行

而首蒙頒賜望冕旒而共積兢榮伏惟尊號皇帝陛下道
極至玄學探衆妙宸居多暇書九府之錢刀御筆摛華奪
三辰之文彩盡真草歐行之法在方圓肉好之中通流將
遍於溥天固殊當百錫賚先霑於近位其數且千臣等傳
翫為榮收藏至寶荷天光而悚惕對聖作以兢懃臣無任

謝賜御製逍遙詠祕藏詮表

臣等言伏蒙聖慈賜臣等御製祕藏詮逍遙詠共四十一
卷者伏以笠乾之教所以祛色相而示真如老氏之書所
以去滋章而務清淨少不過四句偈多不出五千言始則
殊途而同歸終則枝分而派別洎乎演三乘於貝葉文字
漸多編三洞於瑤函筌蹄逾遠縱人十而已百奈暮四以

朝三自非上聖之才孰立不刋之典發揮教法允屬文明
伏惟尊號皇帝陛下思妙玄沙心遊赤水因民設教與天
比崇知幾其神建皇王之有極恭默思道念釋老之多岐
於是詮註微言詠歌至道撮其樞要闢戶牖於法門搴其
菁英芟蕭稂於玄圃示萬機之多暇表三教之精通足可
以指迷悞於群生扇穆清於四海豈比夫劉莊蕭衍但多
佞佛之心漢武秦皇空作求仙之術自合鐫諸玉簡藏在
名山將日月以同懸與鬼神而爭奧傳於不朽垂之無窮
臣等謬列詞臣躬承聖教被堯天之雲霧已覺濡身聽舜
殿之絃歌共知忘味謹當披持誦讀抃舞歡呼少遵善誘
之心庶助無為之化臣無任

為宰臣謝賜御製喜雨歌詩表

臣等伏蒙聖慈宣賜喜雨歌詩共三首者天時旱暵聖慮焦勞玄穹忽降於雱霈睿藻遂形於歌詠首蒙宣示共極歡榮伏惟尊號皇帝陛下軫念三農精心六義自春徂夏稍致愆陽以日繫時不忘善禱詔近臣而遍走羣望御便殿而親録縲囚聖感玄通天心昭荅潛驅屏翳舒張東岱之雲暗使豐隆檛擊南山之鼓連宵泛洒率土昭蘇旱稼勃興豐年可望緣聖情而有作奮御筆以成篇帝庸作歌高視康成之詠上以風化遠追皇矣之詩燦然三章誕敷四海深形教誨特有宣傳台衡宸扆之銘彼何膚淺白雪陽春之句空銜清新臣等救旱功微賡歌調下鏤於肌骨

提行

故忘作誡之詞播在管絃願導移風之德臣無任

為宰臣謝新雕三史表

臣某等言伏蒙聖慈賜臣等新印本三史書各一部者伏
以先帝好文校讎三史諸儒會議緜歷兩朝摸印方行頒
宣首及謝伏惟尊號皇帝陛下心存稽古志在奉先念五
帝三王之書具存道德思列國兩漢之事可鑒興亡覩真
本之初成先近臣而受賜欲俾詳觀理亂起發昏蒙臣等
素匪知書仰承善誘敢不服勤舊史少副聖懷庶竊慕於
格言或有禆於大政臣等無任感天荷聖激切屏營之至

謝賜御草書詩表

臣某言今月五日伏蒙聖慈賜臣紅綾上御草書趙嘏南

亭絕句詩一首絳綃半幅霞舒無(舞)鵠之紋宸翰三行雲遶
迴鸞之勢天恩曲被凡目榮觀(觀)佩服戰兢神魂飛越中謝。伏
惟尊號皇帝陛下書窮八法學洞九流英斷睿謨運立功
而多暇飛文染翰縱草聖以為娛閑裁浙水之綾爰寫渭
南之句宮中刀尺剪雲霧於赤城筆下風雷走龍蛇於碧
落遍令中使宣賜近臣豈期瑣材亦預宸眷捧持失次傳
翫增輝忻千載之遭逢極一時之榮遇讀畫。二十八字列
宿韜光宣來三十六宮天香尚在豈止藏於篋笥亦將傳
付子孫堪笑二王非墨妙筆精之作如逢伯禹得金簡玉
字之書感恩空技(別作鼓)於涕洟受賜更銘於肌骨臣無任戴天
荷聖激切屏營之至

提行

謝賜御重午詩表

臣某等言伏蒙聖慈宣賜御製七言四韻重午詩一首者天有四時成聖功也八節所以宣其氣詩有六義繫王化也二南所以變其風至若運陰陽亭毒之功達雅頌盛衰之理不失其正斯惟聖人（中謝）伏惟尊號皇帝陛下運應半千啟昇平之嘉會節當重午樂長養之玄功形於歌詠播作詩什特令中使宣示詞臣降鳳閣以光輝揩魚須而抃舞仰窺首句如當帝舜之薰風載味卒章仍念屈原之貞魄教化以被忠邪以分又何止述浴蘭懸艾之文逞白雪陽春之麗而已哉臣等職叨掌誥才謝言詩獻尚書而諷諫無聞徒經嘉節學離騷而淵深罕究但拜宸章願揚治

世之音永作傳家之寶無任戴天荷聖懽呼抃蹈之至

陳情表

臣某言臣聞改過自新人臣之晚節弃瑕責效王者之舊章伏念臣近自冗員再叨諫署秋蘭解佩重呼澤畔之魂紅藥裁詩不望禁中之樹固當老於小諫日赴常參其如親寄解綮身趣魏闕四海無立錐之地一家有懸磬之憂以至僕馬龍鍾雜於工祝兄弟分散迫於飢寒若非內受職名賜之實俸外求差使以救食貧則曷以養高堂垂白之親備上國燃金之費望雲就日非無戀闕之心玉粒桂薪未有住京之計伏望尊號皇帝陛下念臣過而能改進不因人或西垣再命於演綸或東魯且令於承乏唯中

提行

外之二任繫君親之一言干冒宸嚴臣無任僭越兢憂悃
愊待罪之至

謝免和御製元日除夜詩表

臣等伏言蒙聖慈特降御製元日除夜詩四首仍令和来
臣等尋時連狀謝罪乞免和今月七日伏奉恩旨特賜俞
允者聖文絶唱天道聽卑雖違善誘之心幸獲知難之請
伏惟尊號皇帝陛下五行為質六義游心樂天地之玄功
奮皇王之睿藻筆無停綴夜乃未央煥乎四章降於三館
耀日月星辰之彩發金石絲竹之音思入冥杳乾坤無以
逃其數辭包造化神鬼不能隱乎情其元日之句也藻繪
王春悦萬物之資始其除夜之句也發揮天吏述四序之

成功固且隨歷數而須於華夷與法令而懸於象魏俾夫
薰紘播奏散為化下之風蒼玉雕鐫祕作升中之典至若
周滿黄竹之詠漢高大風之歌唐太宗守歲之詩陳叔達
初年之作義皆無取事不足徵又若除夜藏鈎正朝放雀
真為兒戲豈近皇猷遍數前王實多慙德臣等文館待罪
朝行具員幸覩四始之根源徒荷千年之際遇然而對燭
龍之銜耀難炫螢光當鳳彩之來儀須藏雉尾共思閣筆
同樹降旗方傾寤寐之誠果降矜容之命豐隆門下免為
聚響之蚊莊叟山中甘作不鳴之鴈臣等無任戴天荷聖
激切屏營之至

賀正表

提行

臣某言伏以元正首祚景福惟新數蓂莢於堯階初生一葉獻椒花於漢殿齊列千官式彰負扆之尊大祝如山之壽伏惟尊號皇帝陛下業隆三代道冠百王和玉燭以授時玄功克著振金鈴而狥路春令夏行當三元資始之期見萬國會同之盛方物充庭而麏至上公獻壽以皃趣日照晃旒觀垂衣之肅穆風和象魏陳懸法之威儀詎遺率土之濵同樂扆端之候膺乾納祐與天齊休臣濫奉朝恩叨權郡印思預華封之祝方遠彤庭新須羲氏之書空驚素髮但荷發生之德莫酬煦育之私臣無任祝聖戴天抃蹈歡呼之至

謝歷日表

提行

臣某言今月四日進奏院遞到宣頭一道伏蒙聖慈賜臣
至道二年新歷日一道者王春肇啟日官爰舉於舊章帝
命遐宣守土各須於新歷臣某中謝臣聞天道無私所以運
行寒暑聖人有作所以恭授民時聿令率土之濱共樂同
文之化伏惟尊號皇帝陛下五行為質萬國咸寧星辰即
序於堯天風雨弗迷於舜麓御明堂之一十二位克正陰
陽運璿璣而三百六旬無差晷刻煥乎正朔被於于華夷臣
謬典魚符欣開鳳歷以時以日敢忘匪懈之心卜世卜年
更仰無疆之祚伏限郡政不獲奔詣闕庭無任感戴天荷聖
激切屏營之至

進端拱箴表

廿三字

提行

提行

臣某言臣聞宣尼立教陳五諫以訓民天子設官命七人
而諫諍欲嘉言之罔伏致盛德之日新伏惟尊號皇帝
陛下志在任賢動必師古大開言路精擇諫臣改拾遺補
闕之名設司諫正言之位必須端士方稱美官臣且何人
亦當此任三月中伏奉明詔用訓庶僚於中兩省之班行
有異百官之督責必容謇諤無取因循是時臣方議迎親
已諧告假陛下矜其貧乏之錫以緡錢恩麻曲被於一家用
度有充於千里況臣曾為縣吏每督民租為尺布斗粟之
逋行滅耳鞭刑之法因知府庫皆出生靈空有淚以感恩
慙無功而受賜洎再趨象魏時見冕旒猥塵書殿之資久
蠹太官之膳曾無績効空玷清華且官在諫垣未嘗有一

廿三字

提行

言裨補職當史筆未甞有一字刋修語所謂飽食終日無所用心者臣之謂矣思欲舉諫諍之職言朝廷之事則陛下聖德昭被神功著明四輔無私而秉大鈞百姓不知而歸至化君何事哉臣何言哉然而安不忘危理不忘亂靡不有初鮮克有終古聖賢之深旨也故夏后有盤盂之銘周王有几杖之誡敢徵斯義用導愚衷臣又甞讀唐史見貞觀中張縕古上大寶箴辭理切直太宗深加稱賞焉臣雖不才願繼其美謹昧彤撰端拱箴一首固不足裨益明聖萬分之一亦臣之舉職也隨表詣東上閤門跪進以聞干冒宸嚴臣無任僭越待罪之至

謝賜御製月詩表

提行

臣某等言今月十六日伏蒙聖慈宣示中秋月五七言詩各一首仍令依韻和來者月盈三五明天道之無差運偶一千見聖人之有作雖聽賡歌之命終降寡和之詞傳諷為榮捧持失次伏惟尊號皇帝陛下精心六義思若湧泉銳意萬機居多暇日當中秋之屆候翫素月之流空罷觀乙夜之書乃吟清夜載覩如圭之狀思繼白圭粲乎二章大哉四始須於近位得遂榮觀雖酌海窺天罔知涯涘而君唱臣和親奉德音強率謏聞虞遵睿旨效星辰之北拱徒竭丹心誦烏鵲之南飛終慙雅詠顧瑕玼之難掩諒尤悔以何逃臣等無任歌時樂聖榮懼激切之至

謝賜御書字樣錢表

臣某等今月二十三日於學士院分賜得御書三般字樣淳化元寶錢者洪鑪新樣通行將遍於萬方御筆摛華神妙互分於八體頒宣非次傳翫知榮中謝伏惟尊號皇帝陛下留意貨泉精心筆札書紀年之大號用煥錢神逞上聖之多才爰彰墨妙盡返鵲鵲迴鸞之法掩天龍地馬之名莊山歷山之金可齊重寶開元乾元之字莫比神蹤將大濟於兆民仍分霑於兩制臣等名慙夷甫才謝魯褒實趙囊而空荷君恩探禹穴而難窮聖作周太公之圜法自合包羞歐率更之筆精從茲掃地永言感遇空極競榮臣等無任

單州謝上表

臣某言今月九日曹州進奏院遞到勅一道伏蒙聖慈就
差知單州軍州事兼賜錢三百貫文祗荷寵榮不任感懼
臣已於今月十七日到本州上訖作別天庭初臨郡印錫
賚頗厚恩榮實多中謝伏念臣本乏才名素無門地徒偶文
明之運濫登俊造之科升朝便忝於諫垣効職仍叨於綸
閣常羅罪譴永合弃捐仰穹旻而方類戴盆遇慶赦而遽
收墜履官復兩省之列職居三館之先俸厚於他司班清
於庶品固合優游仙館躭翫羣書常依日月之光時貢芻
蕘之說詎唯卒歲亦可終身昨以臣父將作監丞致仕某
足疾嬰纏年光遲暮向因謫宦深入窮山常恐此生不歸
故里自叨赴闕頗更思鄉益為衰羸動多悲感有孫兒不

廿三字

提行

識面目有子壻未接笑言分俸則桂玉不充聚族則京師
難住近聞館殿亦有遺差頻發家書令求外任遂遯事親
之懇以干孝治之朝伏蒙
尊號皇帝陛下義在從人恩推
養老假之符竹惠以緡錢居二千石之權已為望外受三
十萬之賜實自
宸衷感深而淚濕
詔書戀極而魂飛帝闕
即時赴郡不回(日)迎親本州以臣叨奉新恩言承舊例亦將
歌樂遠出郊坰臣先以
文書並令止絕蓋以壟麥未秀村
民尚飢當
帝王旰食之時非長吏自娛之日庶幾率下不
是近名況臣早忝掖垣每親旒扆備熟(孰)憂勤之旨飽聞淳
儉之風足以宣揚
聖猷
訓導屬吏此外則詳評案牘精究
簿書雖管庫以必親庶狴牢而無枉幸逃官謗用報聖知

且念親民之官自古所重凡令共理亦曰難才張齊賢罷
自台司止知京兆辛仲甫出從參政分治宛邱雖小大之
不同在郡國而無異唯臣此任最是殊恩十一年前始為
成武主簿九重天上曾是制誥舍人望舊官而雖隔雲泥
過故邑而亦為榮遇所恨者忽離侍從莫遂朝辭實非臣
心輕去輦轂但以臣父苦念邱樊慰懷土之心晨昏有遂
望拱辰之列涕泗無從伏惟陛下少減焦勞俯加頤養至
於堯水湯旱歷數之常文丹蒲青邱征伐之彛事佇見斬
繼遷於獨柳送蜀寇於檻車示天下不用干戈驅域中咸
歸富壽然後鳴鑾日觀降禪云亭追蹤於七十二君探策
而萬八千歲此際臣之本郡實有行宮儻得導引皇輿掃

廿三字

提行

除御路撰禮天之書冊雖匪職司對盛德之形容敢忘歌
頌臣無任

進乾明節祝聖詩表

臣某言聞天道化成分八節而運行元氣聖人降慶膺千
年而開闡洪圖誕靈既偶於嘉辰祝壽乃名於聖節照臨
之下禱願攸同臣某竊以漢感赤龍晦雲雷於大澤周
因玄鸞帶弓矢於高禖符瑞之來今古相望伏惟尊號皇
帝陛下二儀叶德九廟儲祥于時而里社方鳴是夕而常
星不見孟冬建亥愛日在房紫電繞樞式表自天之命青
雲如蓋爰標出震之期當睿聖之繼天以乾明而命節千
官上壽萬國來庭傑佅兜離鏗越樂懸之下鬼侯梅伯歡

呼文陛之前駿奔競効於祝堯宴樂且殊於在鎬臣職叨
三館位列丹墀聽九奏之簫韶欣同鳥獸獻千鍾於堯舜
幸接夔龍舞蹈之餘詠歌斯發謹上乾明節祝聖壽古詩
三篇合七章章無定句篇有小序稍殊俗態似近古風雖
播在樂章懸非風雅或歌於壽酒可代俳優冒黷冕旒臣
無任

謝衣襖表

臣某言今月十七日供奉官閤門祇候景元到州伏奉聖
恩賜臣勅書一道紫歀正綿旋襴一領者臣當時與官吏
軍負將校等望闕謝恩訖遠降王人遍頒時服捧如綸而
增懼對挾纊以知榮臣中謝伏念素乏藝文猥塵清近雖罷金

提行

鑾之職尚分銅虎之符而自移理藩宣始踰旬浹莫著袴
襦之詠空慙凋瘵之民此者伏遇尊號皇帝陛下政在宥
衣恩加露晃特有祁寒之賜俾無卒歲之虞開緘併集於
榮光宣詔更增於和氣飾之瑞獸空傾率舞之心徼乃維
鵜難免被甚之刺伏限權司郡事不獲躬拜闕庭臣無任

滁州謝上表

臣某言奉五月九日制命伏蒙聖慈特授臣守尚書工部
郎中知滁州軍州事已於六月三日到本州上訖罷直禁
中臨民淮上雖離近侍猶忝正郎省已戴恩既榮且懼臣
某中謝伏念臣早將賤跡誤受聖知進身不自於他人立節
惟遵於直道優游兩制出處八年今春召自西垣入叨內

卅三字

提行

提行

署既在深嚴之地仍當繁劇之權雖積兢虞終無補報所
宜遠貶以肅具寮伏蒙尊號皇帝陛下曲念遭逢俯存始
終止罷玉堂之職仍遷粉署之資委以專城置近地沿
流數日登陸三程諸縣豐登苦無公事一家飽煖共荷君
恩處之一生實為萬足然而翰林學士朝廷近臣陛下登
位已来御前放人之後從呂蒙正而下拜此職者止有八
人臣最孤寒亦預其數言於聖選不為不精數月之間忽
然罷去衆情尚或驚駭微臣豈不憂惶且臣在内庭一百
日間五十夜次當宿直白日又在銀臺通進司審官院封
駮司勾當公事與宋湜呂祐之閱視天下奏章審省國家
詔命凡干利害知無不為三日一到私家歸来已是薄暮

先臣靈筵在寢骨肉哀絰滿身縱有交朋無暇接見不知
謗議自何而興臣拜命已来通宵自省恐是臣所賃官屋劇
存高懷德宅中一非開寶皇后權厝之時便欲移出未有
去處甚不遑寧尋曾指約公人不令呵喝切恐貴僧出入
中使往還相逢之間難為顧揖按舊制自左右正言已上
謂之供奉官街衢之間除宰相外無所迴避此蓋賈誼所
謂人君如堂人臣如陛陛高則堂高者也況臣頭有重戴
身被朝章所守者國之禮容即不是臣之氣勢因兹謝表
敢達危誠況臣粗有操修素非輕易心常知於止足性每
疾於回邪位非其人誘之以利而不往事匪合道逼之以
死而不隨唯有上天鑒臣此志伏望陛下思直木先伐之

義考衆惡必察之言曲與保全俾伸誠節則孤寒幸甚儒墨知歸在於小臣有何不足今則隋岸千里堯天九重微軀或遂於生還勁節尚期於死所臣無任

提行

謝加朝散大夫表

臣某言今月十八日進奏院遞到勑除一道伏蒙聖慈加臣朝散大夫者禮成大祀澤霈百僚豈期郎吏之卑亦從大夫之後臣某中謝伏念臣猥因薄技獲偶昌辰自忝文科累叨華貫數年綸閣徒勤潤色之功百日玉堂詎有論思之効而自身離近侍官帶責詞既別白以無門但憂危而度日此者伏遇尊號皇帝陛下圓邱展禮率土推恩特加五品之資俾壯一麾之任況臣早叨書命備見舊章每當

牒字漫漶疑

行慶之時必考授官之限未滿二載例增五階率以為常行之自久臣去年五月出職今年二月加恩承奉郎陛級未崇朝散階遷陛不次必是上由睿聖旁出僉諧以某曾作近臣不欲便同常例永言感遇空極涕洟遂使死灰之心稍生於寒𣽍戴盆之首亦見於天光誓捐微軀以荅鴻造無任

謝賜聖惠方表

臣某等言今月二十五日進奏院遞到太平聖惠方并目錄共一百一冊臣等當時望闕謝恩仍依勑命施行訖臣等謹按洪範嚮用五福其三曰康寧威用六極其二曰疾病然則疾病之作蓋天之威沮邪康寧之集蓋天之勸嚮邪

此特立教而言姑欲驅人為善苟或飲食嗜慾之不節陰
陽寒暑之不時為札瘥為沉痼為疣贅為疕瘍若此之類
縱而弗攻委之於極非聖哲之所用心也故醫術由是而
生焉自黃帝岐伯以還作者衆矣以至叢乎無條貫浩乎
無津涯思欲囊括古今派分類例參驗百疾稽合群方惠
於兆民敷乃萬國非偶大聖孰能與之臣某伏惟尊號
皇帝陛下惟睿作聖有孚惠心包天地之大德群生罔不
遂盡皇王之能事墜典罔不修謂人之未庶也制婚姻以
育之謂人之未富也薄賦斂以足之謂人之未教也施道
德以化之又欲使五福之康寧徧流比屋六極之疾病不
加蒸民於是召良醫考異術集自朱邸逮於紫宸幾三十

年成一百軸洞乎天人之際探諸鬼神之奥製序引以述
其事為模印以行於時大頒四方夐出萬古昔玄宗之廣
濟德宗之廣利皆叢剉眇末不足稱道尚具載史籍垂於
後昆以為莫已若也況陛下之述作功參化源天下之惇
婺身躋壽域雖復造書畫卦鑽燧播時不可同年而語矣
宜乎與日月同懸與經籍共永豈區區小郡碌碌下臣能
歌頌於聖德歟當州地居僻左路遠京師授勑數年引頸
以日累使郡吏請於有司始蒙頒宣益行次第而又今冬
以来天氣稍旱過始氷之候河無薄澌踰小雪之期野無
微霰頗慮瘴癘害於民人俗罕名醫病則祀鬼分憂之任
求瘼是專方虞後艱獲此大賚謹當抽俸金以市藥給官

玄宗提行 疑誤

提行

行字宋刻模糊疑

本以救人資聖祚於無疆流聖惠於不朽盡納淮甸歸於

華胥慺慺之誠如此而已臣等無任云云遭時樂聖抃蹈

之至

宋王黄州小畜集卷第二十一 校 宋本 宋刻本校 十七葉

前空一行

宋王黃州小畜集卷第二十二目錄

表

黄州謝上表

謝加上柱國表

謝宣賜表

起居表

謝收復益州表

賀勝捷表

揚州謝上表

請撰大行皇帝實錄表

謝弟禹圭授試銜表

賀聖駕還京表

賀加朝請大夫表

連前目録

提行

提行

提行

箋至黃州小畜集卷第五十五

表

□□□□ 賀南郊大赦表

臣某言今月二十日降到勑赦書一道南郊禮畢大赦天下者臣當時集軍州官吏百姓僧道宣讀施行訖嚴父配天王者之達孝眚災肆赦有國之大猷凡在群生罔不同慶臣聞有虞尚乎德祖顓頊頊而宗堯周人重其先禘帝嚳而郊稷沿革之文則無嘿禋祀之義斯同率由舊章玆曰大事雖天子必有尊也非聖人孰能行之伏惟尊號皇帝陛下司牧黎元敦崇孝治言有父也宣祖昭武皇帝積德而累功言有兄也太祖神德皇帝開基而創業而自下武繼志

守文則難化成而日用不知寅畏而夕惕若厲故得昆蟲
咸遂戎狄允懷文物聲明損益乎三代道德仁義寖染乎
萬民有是聖功推功於天地有是聖德讓德於祖宗乃備
嚴禋聿伸大報禮樂具舉豈三年之不為玉帛載馳見四
海之助祭列聖至止上帝格思錫鴻休於無疆明大孝之
不匱禮成而退天且不違自非吉蠲之誠達於上下孝悌
之至通於神明孰能若斯其盛歟由是因純嘏之休覃雷
雨之澤謂萬方有罪於是乎釋縲紲之人謂百姓不足於
是乎免逋逃之賦照燭幽壤滌蕩瑕疵順天推恩與物更
始詩不云乎一人有慶經不云乎萬國懽心自可追三王
而比崇非止黜五霸而不用者矣臣出官內署承乏專城

既不得陪冠劍之班行俎豆之事舞抃於黃道登降於紫壇又不得湧非煙之詞濡甘露之筆藻繪於玉冊發揮於皇謨亦臣之不幸也然而當求治之朝居分憂之任得不導揚兊澤訓戒齊民瘳其瘡痍浸入骨髓亦臣之大幸也伏限郡事不獲奔詣闕庭臣無任

賀冊皇太子表

臣某言今月二十八日降到赦書一道皇太子正位儲宮大赦天下者臣當時集軍州官吏僧道百姓宣讀施行訖禮崇儲副澤被華夷凡在含生罔不同慶臣聞帝王之道步驟殊途夏后所以傳家垂諸古典姬昌之為世子載於禮經皆所以定人心而固國本矣由三代而下實百王不

廿三字

廿三字

提行

提行

刋洎乎唐室亘分梁朝草創莊宗則席未遑暇明宗則日不暇給聯綿五姓戰伐百年重念春坊遂成闕典我太祖神德皇帝揖讓（謙）神器司牧黎元擇上聖之才副下民之望人神允屬獄訟攸歸伏惟尊號皇帝陛下傳自日兄升為天子德化威伏（服）垂二十年文物聲明盡合經義禮樂征伐不自諸侯始求主鬯之親用正副君之位斯孟軻所謂天與賢則與賢天與子則與子者也伏以皇太子生知忠孝性稟温文允荷當璧之祥宜正撫軍之重筮龜叶吉簡冊增輝而又舉洊雷之聲因而作解導少海之潤用以滌瑕必由舊章降此大賚綸綍四出狴牢一空率土普天不勝慶幸臣出官禁署（署）承乏方州目不覩朝廷之儀手不當文

翰之職雖違素望實偶昌朝伏限郡政不獲奔詣天闕臣無任

謝落起復表

臣某言今月五日進奏院遞到勅牒官告各一道蒙恩落起復授臣依前尚書工部郎中知揚州軍州事仍放朝謝者喪紀爰終朝恩遽至泣血罔極悼心失圖伏以三年之喪百王不易墨縗急用本因將帥之臣腰經從公罔叶春秋之義臣頃帑迎職方執通喪斷恩勉副於鴻私達禮重違於素志涓埃無效空增靦冒之顔日月有期俄卒禫祥之制此者伏蒙尊號皇帝陛下舉其舊典推以新恩俾除抑奪之名曲盡哀榮之禮援琴切切痛豈忘於終天佩玉

帑迎二字宋刻模糊

鏘鏘班尚遥於就日伏限權司藩服不獲奔詣闕庭臣無任

賀皇帝嗣位表

臣某言伏奉四月一日赦書皇帝陛下虔膺顧命嗣守鴻圖人神有依華夏同慶伏惟陛下奉先思孝克己歸仁承列聖之貽謀作兆民之司牧重輪繼大明之照光被遐陬少海陛百谷之王澤流品彙肆赦渙汗萬邦底寧臣逮事先朝嘗叨内署薦逢聖日權守外藩不獲蹈舞玉堦無任抃躍屏營之至

謝轉刑部郎中表

臣某言今月六日進奏院遞到勅牒一道官告一通伏蒙

聖慈特授臣尚書刑部郎中散官勳賜如故仍放朝謝者
聖澤大賚郎曹序遷聞命若驚省躬知幸伏念臣頃因薄
技逮事先朝誤記姓名過有奬擢兩知制誥一入翰林報
國之功雖無績效事君之道粗守貞方虛名既高忌才者
衆直道難進黜官亦多始貶商於實因執法後出滁上莫
知罪名大行皇帝漸察非辜移領大郡方且精求民瘼少
報皇恩期舉復於詞臣再發揮於王命不圖上玄降禍先
帝登遐奉諱之辰號天罔極不得趨朝夕之臨無以為臣
子之心淚如綆縻悲入骨髓伏遇皇帝陛下祗奉顧命欽
承慶基荼蓼之情既遵於易月蓼蕭之澤遂洽於溥天爰
自起曹陞於憲部望金鑾之殿誠隔烟霄入白雲之司亦

提行 提行 提行

非冗散得不恪居官次虔奉詔條諭淮海之遺民識朝廷之新命無汲黯積薪之歎有子牟戀闕之心感慨舊恩追惟往事西陵目斷泣血難收東海日昇傾心更切伏限權司藩服不獲拜賜玉堦臣無任感天荷聖激切屏營之至

賀冊皇太后表

臣某言伏覩四月一日制書冊皇太后禮畢者子道大備母儀有光伏以皇太后德配先朝功存內治遇坤之泰叶易象之休徽在河之洲動詩人之雅詠克昌聖嗣纘服寶圖爰旌十亂之功乃正萬邦之母祇膺玉冊誕受尊稱舜孝烝烝漢儀穆穆問安侍膳載趨長樂之宮含飴弄孫永鎮顯親之殿臣限拘官守不獲蹈舞玉堦無任抃躍屏營

提行

之至

賀冊皇后表

臣某言得進奏院狀報五月二十四日制書秦國夫人立為皇后者中宮正位率土同歡臣聞軒轅四星上明扵玄象虞舜二女內助於皇風永惟王化之基實繫人倫之本伏惟皇帝陛下誕膺駿命嗣守鴻圖安上定民動循於禮法自家刑國先正於宮闈符沙麓之貞祥取塗山之正嫡蒸嘗是奉旣逮事於先朝車服有儀更承顏於長樂典冊大備邦家有光臣以任假列藩獲聞盛禮伏限恪居官次不獲蹈舞玉堦無任抃躍屏營之至

慰上大行皇帝謚號廟號表

臣某言得進奏院狀報今月六日勅下大行皇帝謚號神
功聖德文武皇帝廟號太宗七日文武百僚詣西上閤門
拜表陳慰者典章大備宗廟永安臣謹按周禮太師帥瞽
而廞所以作匶謚又按禮記大臣素服而郊所以明天誄
葢子不得私其父臣不得私其君爰茲考實之文用正易
名之法洪惟盛典屬在聖朝太宗皇帝知幾其神惟睿作
聖功濟萬物德流八方有經緯天地之文有剋定禍亂之
武録其行也既如彼定其謚也宜如此又以為極大曰太
有德稱宗懋建鴻名永光清廟禮官博士討論而無異辭
公卿大夫僉諧而合舊典為百代不祧之主享萬世無疆
之休伏惟皇帝陛下以大孝顯親以至公立法率由茂實

提行

提行

提行

誕上尊稱太史之紀國書有光直筆上公之讀謚冊曾無愧辭終哀且榮愛禮達孝秩秩之容既肅穰穰之福無窮

臣逮事先皇累叨近侍流落郡政哀號國喪執戟之官既傷於疏賤如椽之筆空入於夢魂伏限官守不獲奔赴闕庭

乞賜終南山人种放孝贈表

臣某言臣等聞陳蕃之薦五處士名動邦家田歆之舉六孝廉事光簡冊雖兩漢之制理於三代而同風復有聘以安車賜之束帛聽其不仕姑務優賢八月奉羊酒之儀四時致宗廟之胙史之所記代不乏人爰屬昌期宜興墜典伏見終南山處士种放山林養素孝友修身既聚學以誨

提行

皇字上空一格

人亦躬耕而事母罷公守道不入襄陽之城康伯避名永絕長安之市太宗皇帝知其高尚曾示徵求恐違鶴髮之親未應鵠書之命讓賜錢而不受懸好爵以難縻今聞放執親之喪貧不能葬棺衾未具宅兆無歸臣等或忝彼交遊或慕其名節傷哉貧也覩茲窀穸之憂聞斯行諸豈悋匍匐之救雖共謀分俸而未若推恩況褒岩穴之賢敢掠朝廷之美伏覩皇帝陛下特旌素履曲示鴻私少加粟帛之恩俾諧喪葬之禮上則成先皇之雅意下則揚隱士之清規亦足以激浮競之風勸孝悌之俗所繫者甚大所費者至微比考叔之遺羹一時小惠較鄭均之義穀千古同塗干冒宸嚴臣等無任僭越之至

黃州謝上表

臣某言伏奉去年十二月二十九日勅落知制誥差知黃州軍州事者。遄於日限尋即朝辭自後以改葬先臣蒙恩給假幸獲親於遠日免積恨於終天墳杵未停征輪靡盬已於今月二十七日到州上訖乍離近侍猶忝專城循省尤違彌深感泣伏以黃州地連雲夢城倚大江唐時版籍二萬家稅錢三萬貫今人户不滿一萬稅錢止及六千雖久樂昇平尚未臻富庶永言養活亦藉循良如臣庸愚曷副憂寄謹當勤求人瘼遵奉詔條窒塞嚚訟之民束縛儉猾之吏敢言課最庶免曠遺況當求理之朝必為無害之政伏念臣叨司帝誥又歷周星既不曾上殿求見天顏又

提行

不曾拜章論列時事入直則閉閤待制退朝則杜門讀書
雖每日起居實經年抱疾不敢求假恐煩醫官自後忝預
史臣同修實錄晝夜不捨寢食殆忘已盡建隆四年見成
一十七卷雖然未經進御自謂小有可觀忽坐流言不容
絕筆夫讒謗之口聖賢難逃周公作鴟鴞之詩仲尼有桓
魋之歎蓋行高於人則人所忌名出於衆則衆所排自古
及今鮮不如此伏望皇帝陛下雷霆霽怒日月迴光鑒曾
參之殺人稍寬投杼察顏回之盜飯或出如簧未令君子
之道消惟賴聖人之在上况臣孤貧無援文雅修身不省
附離權臣祇是遭逢先帝但以心無苟合性昧隨時出一
言不愧於神明議一事必歸於正直慍於羣小誠有謗詞

提行

謀及卿士豈無公論以至兩朝掌誥四任詞臣紫垣最忝
於舊人白首不離於郎署以微臣之行已遇陛下之至公
久當辯明未敢伸理今則上國千里長淮一隅雖叨守土
之榮未免謫居之歎霜摧風敗芝蘭之性終香日遠天高
葵藿之心未死仰望旒扆不勝涕洟臣無任瞻天戀聖省
已激切屏營之至

謝加上柱國表

臣某言今月二十日進奏院遞到官誥一通勑牒一道伏
蒙聖慈特授臣上柱國餘如故仍放朝謝者禮成大祀澤
霈具寮豈期謫官之臣亦預策勳之數伏念臣因緣薄技
遭遇昌辰承明四入於直廬才非潤色淮甸三移於郡印

政昧循良方俟黜幽敢期受寵今者伏遇皇帝陛下躬修禋祀嚴配祖宗率由舊章大賚群后遂令郎吏亦厠勳官八柱之名實叨於茂渥一麾之任有耀於專城誓將氷蘖之心上答雲天之施無任感天荷聖激切屏營之至

謝宣賜表

臣某言今月八日進奏院遞到宣頭一道伏蒙聖慈以臣先撰元德皇太后謚冊文特賜臣衣著五十疋銀器五十兩禮畢園陵恩霑論譔伏念臣學慙稽古才不兼人際會先朝忝塵近侍東里子産累居潤色之司南面仲弓繼荷分憂之任洎逢纘嗣復竊掖垣適當議雲陽之陵定昭成之謚猥承詔命恭草冊文深虞孤陋寡聞難當大手筆事

提行

雖經御覽未息兢惶今者謚冊入陵神主祔廟伏惟皇帝

陛下孝思罔極皃澤下流須厥篚之綵繒錫中金之器皿

捧承靡措蹈舞失容儒冠之榮無以加此孝治之化足能

感人惟覺冐榮曷知報効臣無任瞻天荷聖激切屏營之

至

起居表

提行

臣某言今月二十五日進奏院遞到御札一道皇帝陛下

提行

取今月五日暫幸河北者黠虜猖狂聖人順動佇殲兇醜

永息妖氛伏惟皇帝陛下纘嗣鴻圖憂勤庶政戢神武以

不殺用人文而化成蠢爾契丹敢干天紀陵越堡障驚擾

吏民王師已振於捷音帝命尚勞於巡幸契百姓来蘇之

望是六師賈勇之時以鎰秤銖移山壓卵即日蕩平蕃部
更無南牧之人守吠塞垣願作北門之狗在茲一舉求服
四夷方屬祁寒暫勞天步臣以任居僻郡地遠行朝擇牧
圉以無由仰雲天而積戀臣無任瞻天望聖激切屏營之
至

賀收復益州表

臣某言今月日進奏院狀報雷有終奏收復益州者臣當
時集官吏望闕稱賀并告諭諸縣訖守臣不武戍卒弄兵
暫出偏師果平孤壘中謝臣伏觀益部久樂皇風蕞爾王
均敢萌逆節益災流於分野致盜據於城池伏惟尊號皇
帝陛下斷在睿謨擢茲儒將雖依九伐之法特開三面之

提行

提行

州斯為輿壤唐分十道是曰大邦控淮海之津梁會東南
之漕運當聖主求賢之日親王領鎮之初宜擇才能俾乂
繁劇豈臣愚昧而所克堪伏念臣頃以藝文獲塵科第三
館兩制遍歷清華千載一時別無媒援由是上惟奉主旁
不忌人比因直言頻至左官去年自禁中出職滁上臨民
黽勉在公憂虞度歲鬢髮漸白眼目已昏但以行年未髙
不敢求退明代難遇猶思報恩顧惟善政之蔑聞豈望鴻
私之曲被今者伏蒙
尊號皇帝陛下擢從小郡權涖大藩
雖放弃之臣君恩未替而要衝之地使命孔多徼臣素乏
家財本州元無公用恐因供億別掇悔尤兾聖心之察微
免衆口之騰謗此外粗當勵力豈敢曠官况揚州雖號藩

提行

方無多户口凡干場務皆有使臣臣在其中提振而已至於決斷詞訟督責賦租持以無私必期集事今緣奉詔急速所以不敢稽留庶於歲時之間别求散慢之地舉頭見日空知京闕之遥白首為郎甘老江湖之上伏限權臨郡政不獲躬拜天庭無任

請撰大行皇帝實錄表

臣某言臣聞二帝三王之道無尚書則泯而不見戰國秦漢之事無史記則滅而不傳能使後之視今猶今之視古者書史是賴中謝伏以大行皇帝功濟萬物道尚百王誕敷皇謨勤恤黔首憲章軍國之務經制郡縣之權故得百萬之師如臂使指億兆之衆推心致腹而又禮樂刑政之盛聲

廿三字

明文物之光煥乎爛然有足稱述附於二十一年行事而
王道備矣伏惟皇帝陛下以奉先之孝副知子之明紹膺
丕圖惟克永世樞前即位天下宅心社稷人神罔不依附
華夏蠻貊罔不駿奔斯乃先帝之貽謀得陛下之聖嗣乾
坤交泰日月重光歷考近古立儲闈承帝位未有如我朝
之盛者也臣愚以為宜撰大行皇帝實錄垂之不朽况盛
德大業簡冊具存鴻儒碩生臺閣皆是豈臣孤陋敢有覬
覦然念臣太平興國五年徒步應舉再就御試遂登文科
服勤州縣揚歷四考先帝擢搢紳虛譽自長州令徵為左
正言帖直史館明年轉左司諫知制誥出入中外十有三
年進不因人退無顯過永惟知己之至未得殺身之地今

提行

陵寢有日論譔是資倘得措一辭於帝典之中署一名於
國史之後臣雖死之日如生之時至於褒善貶惡之文編
年紀傳之例備嘗探討粗見指歸況端拱元年春季日歷
是臣編修如蒙帝俞不辱君命臣無任懇悃之至

謝弟禹圭授試銜表

臣某言臣禹圭昨差押本州賀登寶位進奉伏蒙聖慈特
授將仕郎試祕書省校書郎者千年遭遇九族輝榮中謝伏
念臣出自孤平猥叨班列雖累居近侍而未免食貧言念
禹圭臣之母弟素無文性早使專經重以先臣惜其幼子
本期擢第以慰慈顏自後便舉六年丁憂三載漸及强仕
未有出身今者伏遇皇帝陛下纘嗣寶圖誕敷文德凡居

提行

提行

守土之任義合駿奔因命在原之親入修職貢伏蒙陛下
舉先朝之故事推出震之殊恩俾列官常仍居讎校起家
之調曲荷於生成報國之心同期於死所伏限郡印不獲
蹈舞玉堦臣無任感天荷聖激切屏營之至謹奉表陳謝
以聞

賀聖駕還京表

臣某言今月十六日進奏院狀報正月二十三日大駕還
京者大戎逃遁鑾輅凱旋（中謝）伏惟尊號皇帝陛下奉承祖
宗戚懷戎狄但懋守文之德靡矜神武之功蕞爾林胡無
名内侮蜂屯烏合鼠竊狗偷必想邊民奪挺以毆攘亭長
持繩而縶縛豈勞車駕遠涉山川陛下念二聖臨朝每經

提行

營於河朔屬三時不害乃巡幸於沙場存問耆年勞来疆
吏有征無戰陳詩觀風邊人識龍鳳之姿胡馬避虎貔之
衆昔周宣薄伐玁狁深入太原漢武斥逐匈奴遐臨瀚海
頗為勞瘁（弊）尚著聲詩（時）曾未若陛下仰順天時俯從人欲出
狩適當於冬隙班師未廢於農祥端居紫宸飲至清廟穀
雨方霈春華正繁捧觴長樂之宮錫宴上林之苑皇懽大
洽天步永安易曰聖人以順動則刑罰清而民服孫子曰
不戰而屈人之師善之善者也其是之謂乎臣方在謫官
無由扈從既不得草頡利可汗之露布又不得荅冒頓單
于之慢書當文（劉）士有為之時處山州無用之地迎鑾莫遂
望闕彌深無任歌時樂聖

提行

謝加朝請大夫表

臣某言今月十三日進奏院遞到勅牒一道中書劄子一
封伏蒙聖慈以臣預修太祖實録特授臣朝請大夫仍賜
絹五十疋銀五十兩者陛級清崇錫賚優厚恩生望外事
繫宸衷仰戴寵光伏增戰越臣中謝伏念臣素無望實久玷
清華訓誥典謨罔知體要春秋檮杌豈識指歸去歲伏遇
尊號皇帝陛下詳觀國書追念始祖顧復不祧之廟光揚
納麓之勳以為自昔編修或多漏略永懷丕烈深軫孝思
謂漢祖元功立紀於武帝之世神堯實録重定於高宗之
朝爰詔近臣再編茂實臣叨膺是選尤愧非才尚賴宰臣
李沆監修錢若水總領其職臣則討論遺事潤色舊文始

提行

則合秦趙世家得國姓之根本考唐杜氏族見太后之源
流凡所改更皆有按據庶彰帝業以副天心方施汗簡之
勞遂有分符之命無由別白但積憂危加以年鬢漸高郡
封甚僻野鳥閑暇潛窺賈誼之容江漁喻喁欲噬靈均之
骨未知何日再覩天光豈謂大典初成群賢進御陛下以
臣曾施翰墨曲記姓名俾進階資復援恩例絲綸渙汗金
帛輝華州民改觀謫官增氣領郡城而兼史氏何異唐賢
奉朝請以為大夫榮同漢制非小臣稽古之力乃陛下好
文之心涕泗縱橫亂於縻綆神魂飛越若在烟霄唯知遭
逢曷可報効然念臣業文之外蔑有器能知命之年別無
嗜好才思未減筆力尚雄馳於文翰之場猶能識路責以

廿三字

前空二行

東王黃州小畜集卷第二十二　校　宋刻本校十之葉

循良之政恐模分憂倘用所長期不辱命臣無任

東王黄州小畜集卷第二十三目録

表

□□□□□賀冊尊號表已下皆代趙侍中作

謝降御札表

賀雨表

賀雪表

賀罷謁廟大禮表

賀御樓肆赦表

慰公主薨表

乞歸私第養疾表

為乾明節不任拜起陳情表

乞差官通攝謁廟大禮使表

求致仕表四首

讓西京留守表四首

謝降御札并宰臣就第傳宣不允陳讓留守乞候
病愈日赴任表

謝許肩輿入內表

謝宣差長男送赴西京表

謝宣旨令次男西京侍疾表

連前目錄

提行

表

□□□□賀冊尊號表 已下皆代趙侍中作

臣某言伏奉去年十二月二十四日批答允百寮所上尊
號[illegible]。四字今年正月一日御朝元殿受冊禮畢者日新盛
德讓謙茂實而不居天啟群心上尊名而得請事光簡冊慶
洽華夷 中謝 伏惟尊號皇帝陛下受天靈符作民司牧元元
本本咸臻富壽之鄉戰戰兢兢未減焦勞之念一昃特須
鳳詔盡省鴻名謙冲之道彌光推戴之心安仰百辟請仍
於舊貫睿眷不迴三章別上於新名宸聰見納尚以為法
天之義可以體剛健而奉高明崇道之名可以守虛無而

務清淨見帝皇之自下卻文武之大功俯順萬邦作程百代粵茲元日誕受徽章冊鏤乾文愈見流謙之道禮成帝籙更隆卜世之基臣權列上台得觀盛事伏限未任拜起不獲稱慶朝堂

謝降御札表

臣某言今月二十二日夜伏蒙聖慈特降御札云云者驕陽作沴乃相臣調爕之愆乙夜飛文見聖主焦勞之旨引過咎以歸已教刑政以留心捧讀驚慙不遑啟處中謝伏惟尊號皇帝陛下為民父母受天聰明覃恩而已滅祅星轉禍而尚憂時雨側身修行自符雲漢之詩旰食宵衣莫有華胥之夢特形綸宸翰備見天心恨不自作犧牲何止靡愛

雲陛下空一格

提行

陛璧諒至誠之所感致甘澤以非遥臣備位台司親承睿
旨若歲大旱多慙傅説之才謂天蓋高必聽湯王之禱未
蒙冊免尤愧搢紳而又誨以政刑敢不勤於夙夜少助憂
民心之意庶成澍雨之期伏限腳膝未痊不獲拜謝闕庭

賀雨表

臣某言伏覩今月日甘雨大降宰臣呂某等便殿稱賀者
自秋以来時雨不降遇災而懼至誠爰禱於上玄有感則
通甘澤忽霑於下土豐登有望朝野同歡中謝伏惟尊號皇
帝陛下七政咸齊五行為質夤畏昊穹之命焦勞刑政之
源一昨袄彗告災豐年失望宿麥播而未茁旱雲垂而不
霑陛下靡愛斯牲徧走群望降廷臣而決獄御便殿以錄

因御筆摛文乙夜引萬方之罪清詞瀝懇經旬祈五福之
宮惟德動天而天不違至誠感神而神授職向夕而月離
於畢崇朝而雲上於天散絲徧灑於燋枯比屋重輿於耒
耜豈止小康之兆將書大有之年堯眉舒八彩之顰兔貽
臣辱舜樂復九成之韻大悅民心凡在含生同知大賚臣
為霖寡術和鼎備員方期冊免之文以塞燮調之咎處台
司而愈愧荷聖感以彌深伏限未任拜起不獲稱慶朝堂

賀雪表

臣某言伏覩今月九日臘雪應時宰臣呂某等便殿稱賀
者伏以臘者四時之暮所以成歲功雪者五穀之精所以
滋農畝實上玄之垂祐表聖主之憂民凡在昌期共欣嘉

提行

瑞 謝中函 伏惟尊號皇帝陛下勤勞庶政欽順天時因百姓以為心思躋壽域慮一夫之不獲常若納隍而自秋徂冬密雲不雨陛下念兆民之稼穡憂七廟之粢盛徹金石於堯軒減葷羶於舜甑而又京師之内鰥寡之徒大須金帛之資用拯饑飢寒之累靡神不舉有感則通遂令六出之祥大副三農之望連宵委積徧野霑濡彰聖德以彌光書有年而無愧臣方居假告忽覩休祥雖慙調燮之功但樂豐登之望

賀罷謁廟大禮表

臣某言伏覩御札示諭内外文武百寮以彗孛之祅特罷八月二十四日謁廟大禮仍擇日御丹鳳樓肆赦者清廟

提行

某日下空一格

陳儀玄穹示誡引萬方之罪皆在聖躬退三舍之祆佇光
帝德凡居覆幬盡仰休昭伏惟
尊號皇帝陛下寅畏上
玄祇嚴列聖乘象忽呈於怪異惟馨罷薦於祖宗灑宸翰
以飛文出綸言而引咎仍行赦宥用答穹旻九土徧眄盡
聞哀痛之詔三邊戍卒頓減歌唫之聲佇見玄德升聞至
誠感應五緯變連珠之狀載耀乾文萬邦傾執玉之誠同
扶帝業臣久叨輔弼備熟憂勤慚非伊呂之致君但仰禹
湯之罪已歡呼抃舞倍萬常情

賀御樓肆赦表

臣某言伏覩今月某日皇帝御丹鳳樓大赦天下者謫見
上玄乃降責躬之詔澤流率土仍推作解之恩凡在照臨

提行

同深慶賴（中謝）伏惟尊號皇帝陛下順考（若）古道觀乎天文有
年將謝於祖宗玄象忽垂於躔次遂停吉禮用慰咎徵（徵）慮
庶政之闕修欲普天而流惠樓開丹鳳大昭引咎之誠竿
揭金雞咸與自新之路幽明靡間囹圄皆空人心已作於
頌聲天道頓迴於和氣佇見（觀）符瑞用答憂勤臣年在衰殘
功虧燮理冊免尚稽於舊典禦災但仰於新恩愧畏兢虞
罔知所措

慰公主薨表

臣某言今月某日得進奏院狀二十一日某國公主薨者
雲愁魯館風咽秦簫驂鸞轡以飇馳慘龍頭而雪泣（中謝）伏
以某國公主自天鍾秀稟聖含華詩聲早詠於肅雍選尚

提行

提行

遂從於鳘降行舅姑之禮克表人倫宜公侯之家誕彰婦
道豈謂瑤臺促名玉樹先摧星沉而婺女難留月晦而常
娥不見伏惟尊號皇帝陛下悲深天性痛極皇枝歎嬀汭
之逝波空驚長往望沁園之荒土無復歸寧凡在人臣共
增悲悼臣限拘留務不獲陳慰闕庭

乞歸私第養疾表

臣伏念臣久廢常朝將臨聖節紫宸咫尺難獻壽以捧觴
黃閣優閑但備員而調鼎不歸私第實玷公朝是以輒述
懇誠形於章奏伏蒙尊號皇帝陛下曲垂敦諭未賜听從
念疇昔之遭逢存始終之寵遇聖慈雖厚公議難安況廊
廟具瞻台衡重務固當夙夜匪懈朝夕論思豈有半年之

提行

提行

間殊無一拜之禮外論恐傷於冒寵私心未免於懷憂伏
望皇帝陛下俯察衰殘更容假告庶藥石之有効俟筋骸
之稍康盡瘁匪躬尚更期於晚節懸車告老敢輕議於明
時倘遂俞允不勝懇願

為乾明節不任拜起陳情表

臣伏念臣向嬰羸疾久免起居顧聖節以將臨候天顔而
尚阻在百辟具瞻之地合展禮容當千官獻壽之時未任
拜起載循衰朽但積兢憂伏惟尊號皇帝陛下甲觀儲
祥華封祝聖萬邦玉帛俱傾就日之誠五等公侯共樂後
天之壽凡居覆幬孰不禱祈況臣首冠台司曲成天睠曳
履方難於步武捧觴實阻於歡呼有禮則安考格言而是

懼無德而禄召厥疾以攸宜空存善禱之心顧恕不良之足筋力為禮雖臨几杖之年肱股惟良深愧搢紳之論臣無任

乞差官通攝謁廟大禮使表

臣虔傾丹懇仰達紫宸載三雖黷於聖聰萬一冀迴於天睠伏念臣遭逢昌運忝竊台司三十年將相之權周旋備位一千載君臣之分終始無渝而自秋夏以来脚膝無力免常叅於紫殿預大政於黄扉伏遇尊號皇帝陛下告謝豐登祗嚴宗廟既列三台之首合居五使之先顧筋力之不支慮趨蹌之失度輙伸悃愊冀免遣差豈謂陛下雖念暮年猶敦後事猥將大禮責在老臣加以中使太醫旁午

提行

空一格

於道路王言御札稠沓於門庭睿旨之丁寧豈自圖於安逸受已行之命焉敢固違在臨事制儀尚期通攝是敢預陳危懇上禱宸嚴庶於行事之晨免致乖儀之咎

求致仕第一表

臣某言臣聞知進知退賢達之格言有始有終君臣之大義將染乞骸之蹤猶馳就日之魂冀仁主之憫嗟遂老臣之休退中謝伏念臣比乏宏材且非世胄鄧仲華之素望不過功曹岑文本之初心止於縣令偶以遭逢景運攀附先皇擢自賓從驟居相輔捐軀誓命不後他人任重才輕終無成績洎盟律之出將遇代邸之興王駿奔北闕之前備位東宮之列臣此際已能知止便誓終焉豈期陛下軫念

提行

後下空一格

提行

空一格

青鐘重升黃閣但奉文明之教令曾無啟沃之謀猷邇啓
陛下察以兢持均其勞逸連鎮襄鄧暫遠唐虞節旄久竊
於寵榮寒暑漸成於衰颯前歲幸遇陛下躬事上帝親耕
千畝之田老臣位忝諸侯合預五推之禮請朝天闕尋奉
帝俞得伸助祭之誠實有分司之望陛下過私天眷復列
上台既責重以位高果積憂而成病令春始於微恙遂至
沉痾陛下終賜哀憐多方治療痊平未幾步履猶艱自茲
特免常朝仍司大政無一言以裨聖聽無一拜以覲天顏
在中書則省吏扶行羞看朝士歸私第則鳴騶前導恥見
都人已為廢疾之身曷稱具瞻之地近因歲暮轉覺形羸
雖云告假之中仍列鈞台之上存問頻勞於聖慮優容寔

空一格　空一格

玷於公朝況窜臣一月之俸金乃下位數年之祿食君恩
雖厚斁有國之彝倫內府雖豐耗生靈之膏血苟不思止
但冒寵光豈惟辜負聖知直恐招延鬼瞰伏望陛下聽其
告老惠以歸全庶於瞑目之前少遂安身之計示君恩之
有卒使賢路之無妨必也辭榮許歸西洛幸而未死獲見
東封免令就木之年更取伐檀之刺尚慮陛下過存念舊
便斷來章雖犯嚴誅當期必遂限以尚艱武步不獲躬拜
朝堂謹遣次男六宅使承煦詣東上閤門拜表陳乞以聞

第二表

臣某言今月日拜章上閤告老懸車優詔未俞雖增寵遇
殘年無幾須至哀鳴縱獲戾於違天冀退身而得地中謝臣

提行

提行

聞葛亮蜀之名相以二十罰而傷神裴度唐之鉅賢始四
十歲而髮白或成衰促蓋積憂虞況臣非武侯之才能無
晉公之智略然以遭逢先帝際會聖君塵重位者三十年
處浮生者七十載雖無功名報國常以畏慎周身衰老若
茲死亡無日未解弼諧之任頗傷公共之朝但冒寵於三
台終取戾於千古是以懇求致仕適合舊章陛下曲存始
終過有敦諭聽自天之成命雖沒地以知榮其如老病彌
加死期非遠況廟堂三入貴極生人尸素萬錢罪招陰譴
與其速之以斃曷若優之以生伏望陛下惠以考終致之
散地冀延餘息尚見明時感聖主於生前從先臣於泉下
幽魂無愧枯骨有光區區之誠實望於(于)此

第三表

臣某言臣屢上封章請還朝政繼蒙批答未賜帝俞七十懸車於禮文而非遠載三則黷考易象以懷憂念老病之日加冀皇慈之見憫臣聞老氏玄言誡於知足箕子洪範福尚考終臣雖至愚竊慕茲義況才非王佐位極人臣出則擁上將軍之鼓旗貴居方面入則佩大丞相之印綬首冠台司三代有贈官諸子居貴仕俸祿錫賚聚之則何啻萬金官爵階勳數之則無非一品日有秩酒月有飧錢奉此一身已踰三紀外不能出奇畫策廓氛祲而偃干戈內不能阜俗安人救惸嫠而躋富壽玷聖朝之公道為陛下之私人齒髮衰殘形骸病弱此而不退是謂無厭向者

空一格
空一格

祆彗忽生亢陽斯久天怒神怒實為老臣引咎責躬䵎勞
聖主今幸時雪大降豐年有期多慙爕理之功全賴文明
之感陛下復須詔旨盡去尊名臣則兼八字之功臣處三
台之上列當萬乘焦勞之日為一生尸素之人縱免國刑
必招陰責臣所以號泣求退朝夕不安者正為此也伏望
陛下察由衷之危懇行冊免之時文庶延風燭之年獲盡
雲龍之分若一旦溘先朝露尚稟洪鈞則埋骨泉臺幽魂
負愧書名國史後嗣何觀瀝懇披肝期於得請

第四表

臣某言自今月五日至十四日三上封章懇陳致仕伏奉
十七日批答不允令斷來章者伸告老之誠實當暮齒拒

提行

已行之命合受常刑與其冒寵以招殃不若違天而獲戾
（中謝）臣聞上天之育萬物各使得其時是以春則發生秋則
肅殺示有成也明君之馭百官各使得其所是以壯而入
仕老而懸車明有終也敢徹斯義以導危誠伏念臣遘疾
彌深殘年非永聖主不能載造神醫不能有瘳自料此生
必難報國惟當明代早遂退身繼有梟鳴固非飾詐況去
年十二月二十三日 陛下幸臣私第見臣病容以至金口
憫嗟重瞳霑泣臣此際潛忻得退忠在不疑始望一表見
俞豈謂三章未允曲形敦諭過念遭逢雖戀聖明其如病
廢臣今日暮途遠居常待終氣羸則藥劑無功手顫則粥
杯難把謂出納惟允臣則謇謚於言詞謂股肱惟良臣又

艱難於步履衰殘之狀備對天顏尸祿之愆累煩聖聽實
謀歸骨詎敢要君鄙志不移有死而已

讓西京留守表

臣某言自今月五日至十五日四上表章懇求致仕伏覩
二十一日內降白麻伏蒙聖恩授臣守本官兼中書令行
河南尹兼功德使充西京留守者繼上封章乞歸骸骨未
行冊免忽用保釐顧殘年而氣若尸居聽成命而魄疑天
奪徵軀殞越舉族憂虞中謝臣聞掌王八柄是為生殺之權
分務兩都實總居留之地顧惟老朽曷稱崇髙伏念臣出
自孤寒本非俊傑久處秉鈞之任止因開國之期常依託
諸侯三十五未諧釋褐洎遭逢明主六十九尚玷台司固

提行

空一格

無經國之謀猷但享逼身之富貴上辜聖德果有天殃自
遣沉痾已踰新歲啟手足而能餘幾日為股肱而深負明
時是以泣血濡毫呼天抗表願罷萬錢之俸預營五尺之
墳盡是哀鳴固非飾詐豈謂陛下過私天眷復降徽章別
開荀令之地。俾守周公之宅荷君親終始之分近古殊無
守宮闕宗廟之司非才莫可況臣手不能運足艱於行苟
聞命以不辭是捨輕而即重前求罷相皆是欺天不惟受
君子之誅兼恐取樵夫之笑有死而已臣不敢當伏望陛
下憫念桑榆寢傳。綸綍放歸私第明告公朝則老臣知止
之榮歿而不朽陛下有終之惠於義何如伏表叩頭淚血
俱下

廿三字

第二表

臣某言今月某日蒙恩授臣某官臣當日上表陳讓伏奉
批答未允者留司重任垂死殘年聞命不遑拜章陳讓未
迴宸眷恐速天殃夙夜以來神魂飛越中謝伏念臣去年春
季即染沉痾今歲正初方求致仕非不眷戀明代葢憂逼
近死期述度德量力之心滅尸祿素餐之咎所望盡停厚
俸高謝台司隨太平之老農作皇家之舊相是為大願夫
復何求豈期陛下特委居留仍加官秩改功臣之懿號付
大尹之劇權雖荷皇恩實乖素望且念臣之富貴天下共
知臣之衰羸陛下具見肯因休退復取寵榮況西都事繁
中分邦政留守祿厚十倍宰臣臣若受之是無厭也豈止

提行

冒榮於當世亦將取笑於後人平生無致主之功臨死有
要君之罪此臣之所必不為也若以拒違成命冒犯嚴誅
視死如歸期不奉詔伏望陛下存退人之大體割舊念之
小慈賜以安車期於就木雖死之日猶生之年

第三表

臣某言臣自聽宣麻載陳讓表伏奉答詔令斷來章顧老
疾之嬰纏荷聖恩之稠沓因辭榮而受祿是冒寵以沽名
泣血慙魂不遑啟處中謝伏念臣去年抱病久在中書上有
萬乘聰明下有三臣輔弼臣安則署勑困則高眠尚多虛
羸不任來往而況兩京分務百職具存七世之廟甚嚴萬
夫之政斯在既非卧理之地尚增尸祿之尤且三千貫恩

提行

俸金數百家之賦調奪其膏血奉此衰殘雖曰優臣以恩
乃是速臣之死與言及此苟活何為臣又見前代退人自
有常禮或以師事之舊或以定策之勳亦不過賜以千金
與之駟馬而已臣之富貴止是遭逢有位無功既老且病
放歸私第何負於臣豈煩朝廷過作禮數伏望陛下容其
告老察以由衷俾諧知足之心盡寢已行之命朝退夕死
臣無恨焉

第四表

臣某言臣伏奉今月某日第三道批荅不許臣陳讓恩命
令斷來章者上言則是拒命受寵則是要君憂惶失圖進
退無據中謝伏念臣累陳危懇未動宸衷實懇老病之身不

稱保釐之任萬端憂悸三表哀鳴陛下累降綸言兼貽御札且云開國勳舊惟卿一人又云頤養洛陽事光青史伏讀聖語泣頋殘骸恨不能追已往之年華換已廢之筋力奔走上道應副天心其餘步履艱難言辭蹇澁不求致政是謂貪榮安有始則讓三百貫料錢終則受三千貫月俸必若均於庶吏可給數百員分於六師可養數千輩或使安民布政或令禦寇備邊割老臣之私恩成陛下之公道亦恐增臣徽福減臣餘殃因之剩活數年必得載見萬乘若須令赴任不許罷官尸素轉多憂勞速死恐無益也適足苦之伏望陛下思一物失所之言察匹夫不奪之志寢玆成命俾遂初心則長往九原免有冒榮之恥更生一日

亦蒙載造之恩

謝降御札并宰臣就第傳宣不允陳讓留守乞候病愈日赴任表

臣某言今月日伏蒙聖慈特降入內小底押班韓守英載賜御札當日晚宰臣呂某已下至臣私第奉宣聖旨重疊示諭兼再賜批答不允臣陳讓恩命令斷來章者宰臣諭旨中使傳宣宸翰丁寧雖難封執殘骸衰憊實不支持若伏枕堅拒於君恩飛章更煩於聖聽為臣之道實不自安稍俟有瘳以膺成命謹當徧求良藥精療沉痾懇願未間憂惶失次

謝許肩輿入內表

提行

臣某言二月日準樞密院劄子奉聖旨許臣過清明節選日朝辭仍令乘檐子於崇政殿入見者老病衰羸聖慈憫惻察其足疾聽以肩輿實君父之殊私非人臣之常禮昔蔡義授經於宣帝則兩吏扶以趨朝裴寂納命於太宗則三衞舁之入覲臣無此勳舊有此寵榮自知殺身無以報主兢惶涕泗不知所裁

謝宣差長男送赴西京表

臣伏奉宣命差臣長男左羽林軍大將軍承宗送臣赴西京者自天有命舉族知榮慰其父子之情益見君臣之分伏念臣比甚衰老未遂歸休明君重委於保釐方憂曠位長子幸叨於環衞合預常參陛下輟自班行許隨行李出

提行

抃聖念實耀私門岐路有光室家感泣獨親獨子既有玷
於公朝盡孝盡忠豈敢忘於家訓永言感遇空極涕洟

謝宣旨令次男西京侍疾表

臣某言今月日樞密院送到宣頭一道付臣次男某令隨
臣赴任西京侍疾仍不落請受者君親厚遇父子偕行祗
荷寵榮彌增感泣臣近以將之洛邑入覲堯墀少傾戀闕
之心併寫感恩之抱沐聖君之發問許幼子之侍行不落
班行仍支俸給實非常例並出特恩想暮齒以知榮顧私
門而積耀（懼）此蓋陛下義敦天性恩厚孝思念黃髮之衰羸
俾彩衣而侍養老夫耄矣罷相輔而忝居留童子何知奉
晨昏而無內職唯於忠孝以誓子孫過此以還不知所措

前空二行

宋王黃州小畜集卷第二十三 校 宋刻本校 十五葉

宋王黄州小畜集卷第二十四目録

表

□□□□□西京謝上表

謝聖惠方表

謝手詔別録賜生辰國信表

謝傳宣撫問表

為寧壽節不任朝覲奏事狀

奏姪男表

謝賜姪男大理評事表

繳連[進]壽寧節功德疏表

代呂相公讓[讓]起復第二表

代王侍郎讓諱官表
代呂相公讓諱右僕射表
為宰臣以彗星見求退表
又謝恩表
為兵部向侍郎謝恩表
為温侍郎除禮部尚書表
為兵部張相公謝恩表
為史館李相公讓諱官表五首

連前目録

提行

寒亞黄州小畜集卷第五十四

表

□□□□西京謝上表

臣某言伏奉恩制授臣西京留守已於今月日到任上訖

乍遠龍庭初臨龜洛望晃旒而積戀對宫闕以知榮伏念

臣素乏宏才偶逢開國歷兩朝而竊禄叨三入以無功去

歲因染沉痾懇辭重位抗表止期於致仕出綸復委於留

司四上讓章願罷已行之命載蒙荅詔未諧往訴之誠慮

堅卧以要君遂力疾而受命此蓋陛下情深念舊禮極退

人遂令衰朽之年享此殊常之事入則榮提相印冠四輔

以調元出則分務神皐守三公而在外仍啟荀池之貴彌

提行

彰洛宅之雄增老臣無德之殃實近古未行之典永言寵
遇無與比倫而自感泣朝辭扶力上道乍臨理所彌耀殘
年奉列聖之宗祧覩百司之典故對兩觀而寧忘戀闕俯
三川而更切朝宗謁太祖之園陵魂銷弓劍掃先臣之墳
墓淚滴松楸念往追思旣榮且懼惟潦倒不稱居留亦當
虔奉朝經旁詢屬吏卧治上憑於聖化求醫庶便於微軀
固無裨。補之功但感如終之道。

謝聖惠方表

臣某言今月日得進奏院狀報十日准御書院劄子奉聖
旨降太平聖惠方第五十一卷至一百卷并排門目錄一
卷共五十一冊並用紫綾裝褫黃絹作簽仰進奏院遞到

西京賜臣者宸眷曲迴上方新製聖惠本霑於黎庶天慈
續賜於老臣欲令病廢之軀再獲康寧之福伏惟尊號
皇帝陛下與世作範視民如傷窮百病之根源選十全之
方術爰自朱邸逮於紫宸垂十五年成一百卷救疾病瘥
瘍之理盡金石草木之情莫不歧伯泰和獻其伎術倉公
扁鵲奏其方書辨五聲五色之徵察九竅九藏之動御製
則加於序引生靈咸識於指歸笑玄宗廣濟之方一何太
簡繼黃帝親嘗之理千古同輝頃以模印未全施行不廣
臣方居黃閣首被鴻恩常恐此生不見全集豈謂陛下曲
存終始再有頒宣窺天愈覺於高明觀海莫知其涯涘惠
過反魂之藥功深起蹷之鍼進奉謝恩恐自殊於方鎮拜

章敘感猶竊比於台司更延遲暮之年實自生成之德臣無任感天荷聖激切屏營之至

謝手詔別錄賜生辰國信表

臣某言今月日伏蒙聖慈差臣男某官押賜臣生辰者天眷迴光私門積耀方勤劬勞之感忽承睿聖之知舉族為榮百身何報伏念臣才非兼濟運偶重熙一言無補於宸聰三入徒塵於相位向以虛羸遘疾筋力不支優容猶列於上台拜謁不拘於常禮死難塞責方期伏枕以上書章疾既有瘳亦合懸車而告老尚戀文明之德冀伸補報之心豈謂陛下特記生辰曲迴睿眷衣襲六宮之製器分三品之珍出鞍馬於内閑分綵繒於天府惟憊老朽不稱鮮

空一格

華無褐無衣益負下民之媿有始有卒空知上聖之恩惟
恩苦口之言以盡致君之節過此以往莫知所為

謝傳宣撫問表

臣某言臣男某押生辰國信至伏蒙聖慈召赴崇政殿面
傳宣示撫問者俯聽聖語如對天顏涕泣感恩兢惶失次
伏念臣遭逢有素功業無聞亦嘗潛數昔賢略徵衛近代劉
仁軌處保釐之任功著征遼裴晉公兼將相之權勳高伐
蔡稱為國老不愧後人臣無此勤勞有此名位未諧休退
常負憂虞豈意生辰尚關聖念特垂寵錫俾耀衰殘詢臣
草詔於玉堂已循往例冡家子授宣於金口事則非常萬死
百身終難補報無任涕咽感恩之至

廿三字

為寧壽節不任朝覲奏事狀

臣伏念臣痾未愈聖節將臨顧筋力以不支望雲天而積恨既乖修覲莫敢寧居竊以臣自偶昌朝久叨貴任入則位崇於三事累玷台司出則名冠於諸侯謬塵居守凡關慶賀皆合率先而况壽寧嘉辰節名新改當百辟稱觴之日是二年伏枕之餘歷夏經秋有增無減莫預歡呼之會僅成病瘵之身天邊空仰於流虹牀下尚迷於鬬蟻傾堯日而雖同葵藿通虞泉而自念桑榆遐瞻北極之光恨無迅翼善禱南山之壽但有精誠臣無任祈天祝聖激切憂懼之至

奏姪男表

臣前件姪男某早慕通修求科試既未精於舉業難輕
入於文場尋以奏授朝恩補充衙內隨從已經於三任蹉
跎遂滯於一名況四房昆弟之間惟有此姪念千載君臣
之分恐失良時倘蒙甄錄之恩粗有公勤之誠干犯宸扆
無任兢惶激切之至

謝賜姪男大理評事表

右臣伏蒙聖慈授臣姪男某大理評事者祗荷寵光不任
榮懼伏以法寺美官聖朝好爵凡云選授必擇器能豈期
不調之材遽忝起家之命伏念臣姪男某稟訓雖久知書
未深但以補署職名侍行藩鎮既蹉跎而有素恐仕進以
無階爰因誕聖之辰輒有量材之請伏蒙尊號皇帝陛下

提行

不循常例特降殊恩賜猶子之官常念老臣之衰暮諒敍
身而何報空舉族以知榮臣無任

繳運壽寧節功德疏表

右伏以河清社鳴千載啟興王之道天長地久萬邦傾祝
聖之心居留既冠於台司虔禱寧同於庶位是以集祇園
之開士啟秘藏之真經仰讚雲天不捨晝夜鐘梵鏘洋於
四水香花煥耀於六街預期華渚之星已滿周天之月伏
西方之聖教祝南面之至尊庶使星望帝車與金輪而永
固山齊聖壽歷沙劫以長存臣無任

代呂相公辭起復第二表

草土臣某言臣方處哀摧忽聞恩命泣血負罪號天自陳

提行

提行

詔旨未從荒迷殆絕中謝伏念臣爕調無狀侍養乖方於國
於家非忠非孝不自殞滅招此鞠凶敢期苫塊之間更被
綵綸之命伏蒙尊號皇帝陛下曲行恩例過念遭逢雖荷
寵榮愈傷風教況古人重及親之祿君子有終身之喪臣
雖不才粗聞斯義必將負一坏之土封五尺之墳慰泉下
之幽魂遵天下之達禮固非飾詐乃是常情伏望陛下少
抑私恩姑全大體寢茲成命俾執通喪免令不孝之名有
辱具瞻之地臣無任叫天叩地哀號殞絕之至

代王侍郎讓官表

臣某言今月日伏蒙聖慈賜臣官告一通勅牒一道特授
臣戶部侍郎參知政事兼加階勳爵邑者位列貳卿職參

提行

四輔雖聽成命實懼曠官叫天閽而自卜遠圖讓帝澤而
誠非飾詐伏念臣才非命世學謝通儒雕蟲强繼於家
門射鵠敢希於科第不謂策名之日適當出震之期垂衣
方霈於殊恩釋褐不循於常調未經歷試便立班行不出
數年俄居近密佐乃聖乃神之主為旅進旅退之人有何
謨猷裨益政化至於斷決機務無非禀聽聰明尸禄居多
黜幽有待雖聖情之未咎在物議而可驚豈謂尊號皇帝
陛下猥以謏才入參大政在青壇之行慶雖舉彝章佐黄
閤之持衡是為非據而又階勳並進爵邑兼榮苟或不辭
豈為度德且陳力就列有不能則止之言惟器與名有不
可假人之議願改已行之命免貽將至之殃伏望陛下特

廿二字

寢新恩令居舊位靡厚素餐之罪庶無覆餗之虞臣則老
在諫垣終於客地永知止足敢有覬覦獲避斯權是為多
福

代呂相公讓右僕射表

臣某言今月日伏奉制命授臣守尚書右僕射仍改賜功
臣者平章三事績效無聞師長百僚恩榮不次雖聽已行
之命實懷非據之憂伏念臣猥以常才驟逢昌運擢第偶
叨於殊級効官徧歷於清華皆自聖知實無公望頃者入
叅大政遂正中樞雖堅報主之心且昧化民之術災沴屢
換尸素彌多洎免鼎司猶居冢宰六卿分職既首冠於班
行五日延英但祗奉於朝請省躬知忝沒齒為榮豈意謬

荷聖恩復登台席避讓不獲兢惶失容自再秉鈞衡遽罹寒暑雖身非土木粗欲答於鴻私而職昧經綸終無裨於至化有辜重任罔稱具瞻固合黜自廟堂放歸田里揚於著位以勵事君伏蒙

尊號皇帝陛下曲念遭逢俯存終始特加端揆仍賜功臣矜其不逮之心所謂退人以禮然而中臺峻秩右相古官若台司無狀之人處會府彌高之位則具僚安仰後代何觀伏望

陛下少抑私恩顯從公議特追前詔別授散官庶使好進之流詎敢妄動不才之士得以小懲區區懇誠實非飾讓干犯宸嚴無任感天荷聖激切

為宰臣以彗星見求退表

提行

臣某言臣聞平章百姓任繫於安危冊免三公必因於災
異覩上玄之示譴居大位以何顏伏念臣等俱乏宏才濫
司庶政昧爕調之至理乖啟沃之嘉謨徒以先帝誤知驟
加擢用聖君嗣統曲示優容歲月屢更弼諧無狀既失具
瞻之地望果貽覆餗之懲數日以來祆星忽見謀人之國蓋
皇化之未孚代天之工致乾文之告變此而不責何以致
君伏惟尊號皇帝陛下舜孝奉先堯心稽古勵克勤之至
德推好問之虛懷循列聖之丕基守而勿失委大臣之政
柄用之弗疑無一事不賜講求無一言不蒙聽納上下之
情靡間小大之政可行所宜臻福慶於黔黎召休祥於蒼
昊而星緯若此廟謨可知是乃元首至明股肱不稱之明

提行

驗也伏以君臣同體非人不居陰陽未和擢士為相乃邦家之令典今古之彝章伏望陛下思宗社之遠圖惜廟堂之重任旁求巖穴博採搢紳俯順人心上荅天誡必生良弼用協聖猷克致和平坐銷變咎臣等不勝鼎足恥對朝行明降絲綸放歸田里免玷秉鈞之地甘為擊壤之民用此終身實為多幸臣等無任叨榮竊祿戰汗待罪之至

又謝恩表

臣等言近以變生乾象罪在鼎司再上封章懇辭廊廟伏奉批荅未賜允俞中謝竊以休咎之徵繫於政教宰輔之任職在爕調得人則降祥非人則示譴惟天降鑒若影隨形伏念臣等備位三台歷事二聖既不能內安百姓使盡闕

於汙萊又不能外撫四夷俾載櫜於弓矢但妨賢路莫報
國恩遂致和氣未融星文失度易曰又誰咎也語曰於汝
安乎是以願罷鈞衡請求輔弼庶銷天譴克致時雍伏蒙
陛下薦降絲綸曲形敦諭雖未加放逐而實不遑寧處況
避正殿於宸居減太官之常膳引萬方之罪皆在聖躬退
三舍之祆必迴天意臣等尚容待罪彌積厚顏當主憂臣
辱之時抱尸祿素餐之過免冠伏閤再三慮黷於天聰碎
首縻軀萬一冀伸於臣節敢不精求理本廣察物情討論
國經勤恤人隱議邊防之措置評刑政之弛張庶幾上減
焦勞旁銷氛祲稍逃官謗免辱聖知區區之誠實在於此
臣等無任感天荷聖激切屏營之至

空一格

為兵部向侍郎謝恩表

臣某言伏奉制書入參朝政拜章陳讓荅詔不從兢憂失圖黽勉就位伏念臣出於寒素偶玷科名先帝誤知驟加擢用聖君嗣統未忍弃遺在臣心而自知聽物論之難處豈謂尊號皇帝陛下特頒綸命俾佐鼎司職在弼諧事關理亂自非抱訏謨之業有變通之才上可以啟沃四聰下可以贊成三事則何以副搢紳之佇望塞宵旰之虛懷是敢具述懇誠願罷光寵陛下不移前詔終辱大恩再三處黷於天心萬一冀傾於臣節又念兩朝近侍五稔叨榮雖覆載之恩終無補報幸犬馬之力未甚衰殘謹當知無不為退思補過調四時於玉燭誠愧昔賢誓一命於鴻毛寧

空一格

空一格

（提行）

忘死地臣無任感天荷恩激切屏營之至

為溫侍郎謝除禮部尚書表

臣某言伏奉聖慈授臣禮部尚書者罷贊鼎司美遷宗伯
推恩掩過省己懸魂伏念臣跡本孤平才非秀茂當先朝
之踐祚遇丹陛之較文自忝科名動踰涯分驟登密勿罔
效涓埃雖竭精誠略無獻替洎罷歸諫署（署）出領藩條奔走
五年遷移四郡狥（徇）公之志中外不渝戀闕之心朝昏在望
先皇帝昭使（從）荊渚俾佐台司未伸致主之誠遽逼上仙之
數薄命雖在孤魂已銷伏遇
尊號皇帝陛下統嗣丕基遵
承先旨特遷官秩曲示優容又換炎涼寧無裨補引退難
輕於去就戀恩遂涉於因循一事蔑聞兩朝冒寵宜從遠

提行

貶用戒將來伏蒙陛下曲念遭逢特存終始峻陟六卿之
列罷參三事之權塵茲顯官未塞公議古人所謂進則負
天下之望退不失六曹尚書者臣今是也南宮疎遠北極
崇高欲報鴻恩未知死所臣無任

為兵部張相公謝官表

臣某言臣仰遵帝命再踐鼎司無非常之才負天下之望
任重德薄以榮為憂中謝伏念臣猥以庸材驟登貴仕前忝
三事行將二年憂畏則多輔弼無效罷歸左轄尋改正卿
遷移數州奔走萬里屬先朝厭代方泣血於終天洎聖主
承祧幸當參而就日甘在散地以終此生豈謂尊號皇帝
陛下過求舊臣曲奉先旨委以萬務冠於三台聖眷則隆

宋刻十葉豈謂止以下吾研齋補鈔

無尊號二字皇帝提行起

物論未允懇疏陳讓宸慈弗俞勉就巖廊若墜淵谷方今
皇澤雖廣黔黎未康西北邊防不無屯戍東南土俗亦有
災傷當陛下宵衣旰食之時責微臣富國安人之術將何
智略以副倚毗但念生逢聖朝年過知命不敢愛死或期
報恩苟捨短以從長庶以勞而補過涕淚兢惕不知所為
臣無任

為史館李相公讓官表二首（無二首兩字）

臣某言伏覩制命授臣守本館（官）平章事監修國史者台輔
正名策書重職載循涯（非）據曷稱具瞻夙夜以來神魂飛越
（中謝）伏以承天之序王者所以闡鴻猷秉國之鈞宰相所以
熙庶績代天理物負重位高苟非英賢必見壅敗伏念臣

才非拔俗世乏顯官爰自策名適逢昌運繼箕裘之業位
以過於先臣踐臺閣之資身久妨於賢路太宗皇帝擢參
大政莫著微功冒榮則多無狀罷去皇帝陛下初昇望苑
慎擇官僚叨竊賓護之重名佐元良之茂德蔑聞輔導空積
歲時伏遇陛下纘嗣皇圖復陪相府送往事居之節但極
哀榮庇民尊主之方實無措置聽於物議有玷聖猷豈謂
陛下過念遺逢特加倚注命之為相恐累知人況呂端以
黃髮重名退居保傅李至乃青宮同列出守藩維獨臣瑣
材當此重任乍聞綸命實駭朝端將何以踐三事之崇高
居兩朝之通顯苟恃知難之旨必貽覆餗之憂伏望陛下
博採搢紳旁求巖穴必有經綸之器出膺宵旰之心惟廟

堂之任得宜則祖宗之業不墜由衷斯在得請為期臣無
任

第二表

臣某言自承制命尋拜封章未賜允俞不遑啟處中謝伏以
知人安民謂之聖主度德量力謂之通賢苟冒寵榮必乖
倚注豈獨失具瞻之望亦恐傷則哲之明伏惟尊號皇帝
陛下負荷二聖之基勤求萬機之務必欲化人成俗與古
為徒所宜擇間傑之才輔文思之德然後內安百姓外撫
四夷使社稷永康揚太祖太宗之業聖賢相遇成可久可
大之功物論人心所望若此如臣斗筲小器章句諸生但
以遭逢遂居通顯先皇帝擢從內署俾贊中樞莫効涓埃

無尊號二字

空更歲月洎退居散地自誓終身豈期際會儲宮列漢皇之四皓踐揚相府預虞舜之五臣當陛下鋪張政教之時是徵臣傾竭謨猷之日徒有致君之志實徵經國之才行將二年未立一事久妨賢路又正台司時来而身不自知詔下而人應失色伏望陛下特迴成命别付鉅賢俾伸夔契之才用助唐虞之化庶陳力就列遂不能則止之心惟器與名得不可假人之道言非飾讓情逼知難伏閤拜章期於得請臣無任

宋王黄州小畜集卷第二十四　校

宋刻本十葉後
吾研齋補鈔

宋王黄州小畜集卷第二十五目録

牋啓

□□□□□賀皇太子牋

皇太子賀正牋

皇太子賀冬牋

謝除右拾遺直史館啓

謝除左司諫知制誥啓

謝除禮部員外郎知制誥啓

謝除翰林學士啓

謝除刑部郎中知制誥啓

上宰相謝免判吏部南曹啓

迴寇密直謝官啟

謝僕射相公求致仕啟

迴司空相公謝官啟

迴孫何謝秘書丞直史館京西轉運副使啟

薦戚綸上翰林學士錢若水啟

迴尹黃裳啟

連前目錄

宋王黃州小畜集卷第二十五

牋啓

□□□□賀皇太子牋

臣某言今月日降到赦書一道皇太子殿下光膺冊命正位儲宫凡在普天不勝大幸伏以三代舊章百年墜典舉兹盛禮允屬昌朝伏惟殿下禀氣塗山誕祥甲觀藴閒平之茂德早冠親賢邁啓誦之多才式當儲副既協人神之望永隆邦國之基某謬忝專城嘗叨内署正衙宣冊陪鴛序以無階僻郡効官拜龍樓而尚遠無任抃躍

皇太子賀正牋

某言伏以元正首祚萬物咸新趨北闕以朝天啟東宫而

無臣字

應律伏惟皇太子殿下重輪發彩少海澄波蘊克勤克儉
之風著惟孝惟忠之節王畿千里隨木鐸以行春君門九
重捧金罍而上壽應時納祜與國同休某權佩魚符遙瞻
雞戟無任

皇太子賀冬牋

某言伏以晷運推移日南長至啟東朝而受賀爰舉舊章
詣北闕以稱觴率先羣后伏惟皇太子殿下日躋盛德天
縱多才忠孝克奉於君親謙讓動詢於師友寢門侍膳誕
彰三至之勤望苑禮賢永作萬邦之本應時納祜與國同
休某叨列通班爰當亞歲無任抃蹈

謝除右拾遺直史館啟

右某啟蒙恩特授前件官充職者位列諫垣職兼史氏雖聽已行之命難逃非據之言祇荷寵榮不任感懼恭以獻箴規於諫署必待正人彰善惡於史書宜歸直筆矧茲庸賤遽有忝塵伏念某門第本寒才華不秀鄉庠里塾從師而纔識姓名畫地書空力學而稍通經史明代方求於翹楚高堂漸逼於垂榆因持濫吹之竽来示藏家之箒雖春官與進薦叨隗始之名而明主求人果失盧前之望然而紫庭擢第白屋知榮衡茆惹丹桂之香布素曳出藍之色里閭改觀親族生光洎邑佐絃歌任移銅墨廷評乃士官之屬不謂冗僚縣事則諸侯之權豈言下位甘隨常調敢歎徒勞固無易俗之能惟待黜幽之典豈期賤吏誤達宸

聽把籬畔之菊花方多憔悴近階前之蓂莢頓覺光輝而
又召詰黃扉顯加明試深虞孤陋有負品題序賀雪之詩
固多盧淺賦履氷之什愈見荒唐旣有黷於宸嚴詎敢期
於天奬方在端憂之際忽驚非次之恩芝函乍降於人寰
棘寺驟歸於諫署職兼館殿地極清華通宵未息於怔忪
詰旦遽諧於告謝綠袍褫處佇貽碧鸛之譏朱紱紆來但
負維鵜之刺備忽忘而簡橫象齒耀搢紳而帶飾犀文荷
王澤之霑濡空驚浹背對天顏之咫尺惟誓殺身夫何寒
賤之人有此遭逢之事此皆相公尼邱借峻文曲生光數
仞牆邊暗展鑄顏之力如椽筆下潛施與點之恩遂令清
切之資光被孤貧之士亦猶洴澼為事遽邀列地之封鶏

陋作負

鷗呈災誤享鈞天之樂顧藝行之無取荷生成之有歸得不慎守當官恪供其職況無遺之可拾幸有瑞而必書編修出綍之言垂於信史撰著得賢之頌播在樂章少施染削之勞上答受知之地過此已往未知所裁

謝除左司諫知制誥啟

右某啟蒙恩特授前件官充職者位遷中諫職列西垣祗荷寵光不勝感懼竊以伏青蒲而獻可合求補衮之才吟紅藥以摛詞尤重演綸之地豈期庸賤玷此清華伏念某才非秀民世本寒族適會文明之運濫肩仕進之流參常調以起家永甘縣吏資周行而通籍俄在諫垣加以叨館殿之清資預校讎之美職以日繫月方期讀天下之書自

邇陟遐不意掌禁中之誥載循所自必有攸歸此皆相公文曲分光才江借潤遂使自天之命詎求批鳳之才列地而封翻及不龜之手得不更精文翰上答品題恪事一人少贖素餐之咎虔遵四禁用疇黃閤之知過此以還未知所措卑情不任感恩榮懼終始知歸之至

謝除禮部員外郎知制誥啟

右某啟蒙恩特授前件官充職者卧錦握蘭忝名曹於南省含香視草復舊職於西垣祇荷寵光不任感懼伏念某性惟拙宜族本單平幸逢天下之文明遂掇御前之科第雍熙中自百里被召拾遺立朝伏蒲昧五諫之名汗簡乏三長之譽方虞官謗遽掌綸言書堯舜之典謨文非遠意

厠淵雲之侍從路實妨賢歸田園而盡戀盛時踐臺閣而
頗為非據邇後以執法無狀蒙恩黜官入六里之窮山得
貳車之散秩去歲量移善地甄敘通班貼文館以讎書奉
皇華而按獄屬以高堂垂老懸磬屢空懇求郡國之權以
就庭闈之養阮宣無食故拜官而不辭毛義有親方捧檄
而私喜未遑布政忽忝歸朝十五日之專城焉知民瘼一
千年之昌運荐辱君恩歷數前賢鮮茲盛事昔憲宗覽表
移韓愈於潮陽文帝經年召賈生於湘浦比斯遭遇可謂
殊尤况帳爛錦窠堦翻藥樹爰循故事無此無榮遠則和
曾公已立儀曹退居主客近則趙給事拜從起部改授小
禮是何繼王兵部之清塵舉太祖朝之近例更直紫微之

署已覺忝塵絕曹玉筍之班併居清切感極而空成涕泗
寵兢而如在夢魂青瑣窓開再見壺中之日月朱衣吏引
猶疑澤畔之形容謬恩雖自於聖知公議終騰於衆口此
蓋相公洪鈞造物青律迴春用材而木屑無遺念舊而著
簪靡弃遂使蒼苔入詠復預於詞臣死灰再燃無慚於獄
吏敢不慎修儒行演暢皇猷庶憑翰墨之功少答陶鎔之
力卑情

謝除翰林學士啟

右某啟伏奉制命特授守本官知制誥召入翰林充學士
者祗荷寵光不任感懼伏以漢朝故事待詔甘泉之宮唐
室舊儀召對浴堂之殿自非枚馬淵雲之述作常楊元白

之才名則何以塞清問於論思潤皇猷於典誥豈宜孤陋
遽此忝塵伏念某植學非深屬文無取濫中懸科之選尋
叨通籍之班諫署拾遺謇諤無裨於聖主承明三入清華
空類於昔賢頃因坐事以左遷固亦息心於榮路洎得歸
朝之命遂求典郡之官去年召自琴臺再陞綸閣驟荷一
人之寵遇果罹三歲之凶喪雖勉就於奪情實重違於素
志顧潘安之毛髮已有雪霜念季路之旨甘不如藜藿臨
文翰而方寸亂矣對搢紳而面目何為想石祁子之執喪
空慚至行比歐陽通之起復尚欠禮文止期卜兆於松楸
再請效官於符竹豈意未諧私願俄辱殊恩翻令朽退之
材亦預深嚴之地綸言乍降俾離紅藥之階宸翰高懸已

踐玉堂之署哀榮交集寵辱堪驚副重華好問之心先憂學寡草武帝求賢之詔更愧才難通宵未息於戰兢舉步猶疑於魂夢此皆相公洪鈞造物青律迴春徵賈誼於謫官終成前席薦相如之視草幸得同時敢不四禁是遵三緘為誡況艱難備歷齒髮始衰用直道以事君雖無改變肆剛腸而疾惡漸亦銷磨庶寡悔尤少酬知已下情無任感戴兢榮始終知歸之至

謝除刑部郎中知制誥啟

右某啟伏蒙聖恩特授前件職者一麾出守左遷方類於阮咸三入承明寓直忽同於應璩祗膺寵命伏積兢榮竊念某猥以腐儒受知先帝踐揚兩制出處九年自知賦命

之多奇每愧浮名之過實軍容捧硯敢望於輝榮力士。抹
靴遽騰於謗議而自臨民滁上移任淮南飾廚傳以屢空
勾簿書而弗逮受釐宣室重求前席之期燒藥鼎湖忽起
攀髯之戀心灰自死泪血無從屬當明主之承乾尚代藩
臣而守土尋以拜章言。事解印歸京觀七月之園陵魂銷
弓劍隨百官而朝謁目斷雲天放懷書史之間結舌搢紳
之內皂囊無取嘶越職於伏蒲白首為郎甘息心於執戟
雖知止足猶阻歸休欲耕季子之田園曾無二頃謀葬劉
鍾之親屬何嘗十喪終為懷祿之人葢逼有身之患豈謂
內庭論薦黃閤僉諧迴天眷之新恩復王言之舊任揩前
藥樹重吟謝客之詩觀裏桃花免動劉郎之詠此皆某官

激揚公議啟迪宸聰洪鈞豈有於弃材化筆先徹於故事
謂李約直翰林退職復踐掖垣白居易禁署出官終知制
誥享此殊事實越昔賢驅爪上之青蠅雖非由徑乏夢中
之白鳳深愧演綸敢不考三代兩漢之典章取貞元長慶
之風格或少窺於邊徼庶上答於陶鎔卑情無任感恩荷
德激切知歸之至

上宰相謝免判吏部南曹啟

右某啟奉今月日勑差判吏部南曹尋蒙抽取元勅者伏
以演綸西掖乃王者之詞臣按吏南曹本天官之下士遽
蒙改易深荷陶鎔伏念某比乏時才濫塵清列蒼苔紅藥
但遵四禁之文理劇剸繁久絕五花之判便於散拙樂在

清閑忽奉差遣頗增憂畏固非恥於卑賤葢亦事有彝倫
且念判曹之名起於總章之後罷員外轉廳之事為尚書
役屬之司勾群吏之稽違奉三銓之指顧顯為統攝自有
禮容豈可職銜帶制誥之文公狀具尊卑之分雖知不便
未敢固辭豈謂相公曲為敷揚俾諧停寢全臺閣之故事
實亦公行荷廊廟之殊知且非私謁永言感遇空極兢榮

迴寇密直謝官啟

右某啟伏以應星辰而虞山澤華省名郎直宥密而預機
宜黃樞近職無茲重柄久屬鉅賢學士學植凌雲詞源沃
日澤宮中的科名先繼於箕裘諫署曳裾章疏獨推於謇
諤縱橫時務輝映士林佐職計司解九牛而刃頴直言便

殿折五鹿以詞雄故得峻陟中臺榮升密地稱天心之則
哲動時論於得人而又南面聽朝特頒金紫東銓求理專
委品題佇從三接之榮便敘九功之業某幸叨知獎方切
依棲自草芝泥取先栢悅豈謂學士曲迴謙柄俯賜華牋
目窺星斗之文章身負剌芒之怵惕欽隆感戴藜集所懷
卑情不任

謝僕射相公求致仕啟

右某啟伏以懸車告老大夫七十之期名遂退身老氏五
千之說其或當尚齒尊賢之代有經邦鎮俗之才雖在期
頤式存倚注縱止足之心自許執禮無違奈弼諧之任惟
艱非賢不又伏惟僕射相公受天和氣為國善人三朝文

翰之司丹青帝典再領燮調之任提振皇綱昨以久處台司重煩耆德事均勞逸輟萬務之憂勤位保崇高為百僚之師表永言端揆之任舊稱廊廟之官垂行三入之恩求贊千年之運豈謂浮雲富貴脫屣簪裾拜章既達於冕旒灑翰徧貽於臺閣是何末器亦辱台函初謂誤傳終知殊賜兢惶無措拜受失容見大儒之用心循先聖之彝訓不獨辭於世祿亦將激彼時風然而上揣宸心旁詢公議咸謂老成之德宜居輔弼之先捕虎逐麋雖鬻熊之已暮為霖作礪非傅說以何歸況鍾洪範之康寧宜念蒼生之窮困竚覩白麻天降促追振鷺之班黃閣洞開重見棲雞之樹社稷之謀是展君臣之分彌隆與邦國以同休書簡編

而增耀斯為善頌且匪虛譚下情無任

廻司空相公謝官啟

右某啟伏以引年納祿達人知進退之宜養老優賢王者得始終之道君臣之義今古同風伏惟司空相公受天至和為國重器皇墳帝典咸歸潤色之功禹畫堯封盡被陶鎔之力位崇百揆年俯七旬宸心方倚於老成達識遽辭於榮祿聖上遂其頤養峻以階資鳳皇之地暫虛於舊位鴟鳩之職聊示於新恩解簪紱以如遺植林泉而自樂功成名遂早知身退之機漏盡鐘鳴堪笑夜行之士然而四海有具瞻之任三公非致政之官激浮躁之風式旌素節委弼諧之任終復黃扉凡在縉紳皆傾禱頌猥蒙鈞造先

賜台函仰欽止足之規彌荷謙尊之德甲情無任

迴孫何謝秘書丞直史館京西轉運副使啟

右某啟伏以列中祕圖書之府貳外司漕運之權惟是才難允歸公議學士文同三代名冠四科擅場甲達於天聰獨行不隨於時態輕留侯之雜霸浪取帝師慕孟子之著書力談王道暫倅坐棠之政尋升汗簡之資闥籍通班式耀獲麟之筆轉輸劇務更觀流馬之功方切欣怡忽承緘翰備認謙冲之旨彌增銘荷之誠衣錦晝行雖勞於按部演綸夜直願效於前驅謹奉啟云云

薦戚綸上翰林學士錢若水啟

右某啟某有進士同年戚綸者負文章器識純謹君子也

其先君通五經教授於睢陽終身不求聞達兄維國初登進士上第有文有行守道不渝游宦三十餘年今為殿中丞綸擢第亦一紀矣歷主簿縣尹得大理評事光禄丞司榷酤於譙郡非其樂也向因讞獄宛邱坐繫烏府廷尉議罪聽以贖論既釋之矣或以前罰未塞又奪其官今會赦文合從敘用寓此佛香出無車馬冒犯風雪袖文相過有理道評十二篇味之非空言也然而辭直意切急於救時若無知心亦恐騰口以為失路而造謗也遵道之士其將捨諸恭惟學士才與位并道與時會力開賢路之梗手築聖域之基搢紳顒顒有所仰頼其罪在擯弃恩出推挽未能報德尚復言人葢非學士之門不敢失綸之言賈綸之

毀也語曰善人在患飯不及餐區區之心實愧斯義謹修
啓。事并封綸所著凡若干几閤視草之暇略賜觀覽則綸
也幸甚謹啟

廻尹黃裳啟

右某啟伏以諫垣清秩綴螭頭侍從之班史氏設官修譔。
筆不刊之典享兹清切允屬英翹正言學士學富百家文
窮三變桂籍先鳴而擅。譽栢臺持憲以生風近者金闕獻
書召試王褒之頌石渠載筆更伸班固之才凡在立朝共
欣得儁猥蒙殊念特賜長牋載窺彪炳之文益。認謙冲之
旨欽隆佩服併集所懷謹修啟事陳謝

宋王黃州小畜集卷第二十五　校

吾研齋補鈔本校

宋王黄州小畜集卷第二十六目録

擬試内制五題 凡四副

□□□□□□鄉老獻賢能書賦

宮漏出花遲詩

雲州節度使加使相麻

搜訪唐末已来忠臣子孫詔

正郎告老可太常少卿致仕制

黄屋非堯心賦

春晚緑野秀詩

授六尚書節度使麻

放五坊鷹犬詔

連前目錄

宋王黄州小畜集卷第二十六

擬試內制五題 凡四副

□□□□鄉老獻賢能書賦 鄉老之薦 登彼天府

古者選於里舉於鄉考德行而賓之以禮興賢能而獻之於王是故鄉老之薦不濫貢士之道有光豈不以敦至教合要道察之於鄉黨升之乎俊造合議於衆寡定謀於耆老非賢不舉在百行之孔修唯善是從非一鄉之皆好區以別矣尊而寵之察道藝而期茂表公共而滅私于以振鄉大夫之職于以行鄉飲酒之儀厥時徹謙拜書以薦遂使乎賢者能者靡至乎自媒自衒有才見舉固於我以何求在邦必詢所欲人之知勸既而有祿斯在有位斯登嘉

黃髮之上獻匪玄纁之下徵拜而受所以知樂善尊老義而舉所以見推賢讓能其進也若石之投水其用也類木之從繩然後佞倖之風不起激勸之道自被咸謂乎爾公爾侯亦在乎我鄉我里學優則仕豈患人之弗知沒世不稱唯曰士之深恥故得朝有多士野無遺賢以此取人道合於邃古以此治世功侔乎上天乃鄉舉里選之謂信朝行夕效者焉我國家茂育群材躋攀太古任賢克舉於二八闡化自齊於三五小臣待詔向金門願詣公車之府

宮漏出花遲詩

丹禁遲遲漏深宮灼灼花繁枝開正滿清韻出何賒靜拂紅英密徵穿翠葉斜依稀驚宿蝶冷落動晨鴉細逐香離

檻輕翻露滴沙願當直仙署鈐索共交加

雲州節度使加使相麻

門下臨戎閫外仗金鉞以專征定策幄中升玉堂而論道眷惟重柄寔（實）在全才向匪得人固無虛授其有威稜卻敵勇毅安邊式旌善戰之功別舉疇庸之典乃求吉日特舉徽章具官某劍恥一人城長萬里稟氣而全鍾太白論兵而自著金韜爰自作翰雲中威行塞外倬彼廉頗之勇略居然魏尚之英風念勞而閣列丹青已圖奇表效節而門開朱白屢奏邊功宜升調鼎之資俾耀築壇之貴雖匈奴畏憚已知域外之雷霆而黔首燋熬更作人間之霖雨詎云優異姑示甄酬於戲位極人臣榮兼將相勿期驕而伐

善宜盡瘁於匪躬永保崇高何煩訓勵可依前件

搜訪唐末已來忠臣子孫詔

勑皇王之典道在賞延公侯之家义聞必復漢帝想二臣之壠爰求近親元和念五代之孫詔還故宅朕祇膺駿命景慕前王慮忠孝之臣僚有替陵之苗裔將行激勸宜示甄收應唐末以來梁朝而下或直言於昏主奮不顧身或立事於亂邦見危致命名姓雖存於青史子孫已混於白衣流落閭閻湮沉門閥量器能之可用委長吏以上言庶遵有後之文更勵為臣之節人或罔冒國有刑章凡在守臣付台深旨

正郎告老可太常少卿致仕制

秉具官某卧錦為郎懸車告老特舉優賢之典用旌知止。之心清資俾貳。於奉常白首免嗟於郎署恩榮所極汝其佩之可依前件

黄屋非堯心賦（黄屋雖貴非帝堯意）

惟彼陶唐憂民道光處黄屋以非貴慮黔黎之弗康忘彼乘輿示一人之勤儉思乎稼穡見百姓之平章不然又安能禪位於大舜比崇於軒黄者哉豈不以天生蒸民樹之司牧方誕敷於文德匪留心於華轂善行無迹我則期同軌於萬方覆轍在前我則致可封於比屋葢以樂為御德為車欲躋民於仁壽將納國於華胥苟兆民之困矣雖萬乘以焉如憂勞於四海九州未臻富庶顧盼而鸞旂鳳葢

終類蘧蒢有以見上德爲心下民可畏唯惸獨以是念匪
崇高兮自貴遂使轔轔之響莫達於四聰慄慄之心常咨
於庶彙自然我躬以瘠我民以肥但慮一夫而惕惕焉知
四牡之騑騑足可使域中之御朽乘乾因此而取則天下
之車轍馬跡由是而知非所以道冠百王功齊五帝焦勞
之德罔怠濬哲之風靡替耕田鑿井固何有於萬民神智
天仁自流芳於百世今我后功邁伯禹心侔於堯處越蓆
而古風斯振設土堦而儉德彌昭御六馬以兢兢常思罪
已通八蠻而穆穆尚戒宣驕故得洪業彌芳玄穹降瑞念
蒼生而唯恐無告乘金輅而未嘗介意小臣待詔於公車
願比伊耆之故事

春晚綠野秀詩

雨過川原上凝眸送晚春韶光銷欲盡野色望來新天末逢藍幛江湄亂麴塵垂楊難認影幽鷺莫藏身遠接天開幕晴和草展茵明時四郊靜凌亂踏青人

授六尚書節度使麻

門下國之喉舌尚書實總於六曹王之爪牙連帥出參於十乘在昔唯求於藩屛我朝復藉於循良自非文武之全才莫預邦家之愼選其有本由儒雅兼著韜鈐郤穀之禮樂詩書義之府也仲尼之俎豆軍旅兼而有之宜分經國之材各受殿邦之寄爰頒寵命式表殊恩具官某等或天賦器能或時推謇諤揚歷盡誠難之任周旋居求理之朝

騰驤而龍駕乾綱具呈步驟雍穆而鳳吹律本共洽和平
暫留調鼎之恩先受登壇之柄進賢冠而納言幘已峻朝
端伏黃鉞而擁白旄更光儒道仍加食菜式重分茅於戲
名器不可以假人是予所慎富貴弗期而驕至在爾熟思
勉承出將之榮勿辱知臣之鑒往踐厥位欽哉朂哉可依
前件

放五坊鷹犬詔

敕王者狩必以時除災害於黎庶射而登俎表孝薦於祖
宗過此以還盡為非禮朕祗膺大寶弗敢盤遊爰自國初
因其舊制五坊設畋獵之備四海貢鷹犬之儔雖則存而
勿論未如不作無益況又青骹黃耳耗民用以居多雨血

風毛非朕心之所欲宜從釋放式表憂勤應五坊鷹鶻等
並委本坊使即時放散所有狗犬人願收養為警備者亦
聽仍勅天下今後不得更進鷹犬庶使發狂之言遐遵於
老氏外荒之戒無愧於古書亦所以見朕惠及於飛走也
告布中外稱朕意焉

批答處士陳摶乞還舊山表

所上表事具悉昔者帝堯臨乎大寶許由稱之外臣雖居
萬乘之尊不屈匹夫之志想彼貞節朕常加焉卿不仕王
公多歷年歲雅有神仙之態蔚為高尚之人爰自近年屢
云請見雖玉堂金闕暫喜於來朝岫幌雲關遽求於歸隱
可認不羈之行用全獨善之心披閱奏章良多嘉尚所請

宜依

日月光天德賦 陽景陰魄 光被天德

日月焜煌麗乎天兮秉陽旣垂光於率土寔耀德於穹蒼配行健之功功深幬育叶無私之道道契皇王是何鑿混沌之精垤羲舒之影循環分晝夜之度盈縮遞歲時之景重輪重珥為當代之休祥行疾行遲是何人之馳騁但見乎來往天心舒陽慘陰浴咸池而杲杲逗斜漢以沉沉仰之彌高自可侔於聖德無幽不燭固取象於君臨藹藹晨曦亭亭夜魄覆盆雖隔於照燭圓蓋實資於輝赫運行不息四時於是乎成功遐邇具瞻九土以之而光宅觀其日之始也升若木拂扶桑光天德兮臨八荒龍吐焰而氛霾

蕩盡鳥騰晶而魑魅潛藏于以瑞呈五色于以明列三光
月之始也出金天突瑤水光天德兮照千里兎奔而桂影
時摇蟾躍而露華輕委于以輾碧落而皎兮于以掩繁星
而嘒彼厥象昭然斯為得天附高明而能久蘇物彙以無
偏行中道而曈曨幾彰聖代逐左旋而出沒暗送流年我
國家道契貞明功濟剛克修五祀以叶用照萬邦而取則
夫如是叔寶之徒宜詠歌於帝德

四時和為玉燭詩

堯舜欽天日羲和正歷時銅渾列辰象玉燭照華夷真宰
潛能秉飛廉詎可吹祥光長赫矣佳號得溫其御處非龍
首燃來豈鳳脂皇明方比盛鑑物自無私

授節度使兼中書令西京留守麻

門下周官重八柄之權掌之者方為崇顯洛食啟二都之地分之者必在勳賢其有族茂山西功高天下畫像早圖於麟閣分茅繼擁於龍旌將酬征伐之勞宜委居留之地具官某名標鐵券勇號翅人英雄而夜拜長星方扶興運慷慨而自稱大將誓立殊功爰膺推轂之榮累荷殿邦之寄開白門而效死已靜邊烽按黑矟以揚威克申戎律加以師貞之外理本尤精得士心而料敵無遺求民瘼而所在稱理輯瑞而無違覲禮獻琛而頗見勤王尊周之大業彌隆分陝之重權斯委仍加右相式重大臣於戲舜號納言周稱內史極爾人臣之位表予京邑之雄勉伸夾輔之

勞無忝崇高之命可依前件

除右拾遺諸王府記室參軍制

勑朕藩屏家邦封崇子弟凡於王府必擇時才以爾具官某文行素高才識無茂俾為記室仍立諫垣庶令謇謇之臣體我親親之意曳裾載筆爾其勉之可依前件

允邊上節度使入覲批答

勑某所上表事具悉卿心懸就日役在防秋屢拜封章堅求朝謁載敘雲龍之會請離雞鹿之關况聞刁斗無聲烽烟罷警足可别雲中之巨鎮歸日下之長安慰予翹顒之思遂爾鴈門之懇覽奏嘉尚再三不忘所請宜依

崆峒山問道賦 黃帝之道天下清淨

愚嘗歷覽皇王加崆峒之所請見軒轅之道光咨有德之
人所謂乎不恥下問求無為之理寧辭乎陟彼高岡敀得
化臻於沖寂功格於玄黃者也原其雲紀設官弦弧立制
蚩尤俯伏以聽命風后周旋而佐帝尚應其至化未敷羣
生未濟乃訪道於名山欲坐忘於浮世既而金根玉輅鳳
蓋鸞旂萬乘以之顒動千官以之悅隨謁帝者之師吾將
學矣庶聖人之道可得聞之於是陳稽首之儀揖龎眉之
老方初筵以則告俄一言而悟道何思何慮靡煩手以乘
乾不識不知自垂衣於大寶喪天下於忽焉得環中於自
然既絕聖以棄智但牧民而御天姑射神山只在廟堂之
上華胥舊國不離尊俎之前徒觀其御彼六龍齊乎一馬

尚恭默之至道闡希夷之大化國風穆若克清壽域之中
物態熙然盡到春臺之下故得默彼聰明端居穆清罔象
之珠有耀出虛之樂無聲豈比夫舜舉八元方為求理堯
咨四子而後化成者哉我國家尚黃老之虛無削申商之
法令坐黃屋以無事降玄纁而外聘有以見萬國之風咸
歸乎清淨

五老化流星詩

五老知符命皤然共効靈遊河方告瑞入昴忽為星接武
傳歌詠翻身上杳冥來同聚井數去作種榆形鶴髮光難
認龍圖兆可聽至今依列宿高印遠天青

授節度使左金吾衛上將軍制

門下王者建侯行師取諸易象體國經野法彼天文外則藩垣有仗鉞之權內則羽衛重執金之柄向非勳舊罔與僉諧其有盡節皇家策功清廟陟師壇而且久提禁旅以攸宜亦既得人乃頒成命具官某將門襲慶武曲儲精曹景宗箭發餓鴟百里嵩世稱連虎當年誓志一萬户之侯封絶塞立功五十營之兵事考勳庸而進律分茅土以殿邦克彰作翰之勞靡怠獻琛之禮一眸顧心象魏述職京師載成魚水之歡宜授爪牙之任爾其戒嚴黃道警肅紫垣致高枕於宸居是予緊頼法鈎陳於環衛在汝恪恭於戲以上將之雄兼任官之重世祖徽時而健羨趙才没世以垂名勉繼前賢勿替休命可依前件

誡諸王詔

勅朕聞五帝官天下而禪讓於賢三王家天下而封樹其子德已薄矣可不慎乎爾等生帝王之家承祖宗之慶各踐王位且無軍功不知稼穡之艱難但受崇高之富貴宜循禮法勿紊典彝慎爾所為必思有益朝謁之暇友悌為娛以德以年雍雍穆穆汝或不子予敢獨親勉行忠孝之風勿貽家國之念佩服丕訓無或忽諸

賜漢南國王生辰金銀器鞍馬詔

勅漢南國王星辰垂慶邦國有光咎陶感雲虎之祥克符帝舜申甫降嶽神之質爰佐姬周誕靈既在於茲辰錫命宜遵於異數益松栢後凋之算表君臣道合之恩與國同

休子所願也可賜卿金銀器物鞍馬等具如别録

宋王黄州小畜集卷第二十六 校

吾研齋補鈔本校

宋王黃州小畜集卷第二十七目錄

擬試內制五題 凡四副

□□□□□射宮選士賦

東風解凍詩

授御史大夫可司徒門下侍郎平章事制

恩賜宰臣一子可尚書水部員外郎制

除左拾遺直史館可開封府判官制

歸馬華山賦

笙磬同音詩

節度使起復加雲麾將軍制

允淮海國王乞落大元帥批答

宋王黃州小畜集卷二十七目錄

右諫議大夫可御史中丞制
賢人不家食賦
乾明節觀羣臣上壽觴詩
授翰林學士承旨可依前工部尚書平章事制
奠故節度使文
宣示宰臣已下復百官轉對御札
大合樂賦
甘露降太一宮詩
賜天下酺五日詔
批答南詔國王請東封表
授藍田縣尉可右拾遺制

連前目録

宋王黄州小畜集巻第五十七

擬試內制五題 凡四副

□□□□射宮選士賦 能中正鵠男子之事

稽夫古之射也觀容體別賢能建澤宮而洞啓萃貢士以雲蒸選於里舉於鄉待時而動張其弓挾其矢揖讓而升正鵠既設聲詩乃登有以知君臣之義洽有以見禮樂之道興豈不以行高於人藝推於衆與鄉老之薦充諸侯之貢試其射也當仁而雖有所爭考以德焉合禮而奚資偶中徒觀其射法有科因樂有聲采蘩之詩既作翹楚之技斯呈非取其十發而九中在合於二節而五正必也射乎蓋觀德而飾禮不失職矣由體正而心平是以大射之儀

既弦弧而剡木選士之義乃張侯而設鵠九賔既序二耦爲屬於以定隆殺於以分榮辱與於祭者所以昭乎寵光削其地者所以行乎誡勗是故五等相參罔遺之子男多士至止必命之鄉里其中也得爲主賔其爭也是謂君子取於德而不尚於力非蹲甲而射之求諸已而不返於身乃審固而中矣是謂繹志孰云主皮煥乎得矍相之義洋然有闕里之儀所謂禮無違者故得人皆仰之士有遊六藝之場抱四方之志雖中鵠而有立尚屠龍而爲事將謝策於金門別取穿楊之利

東風解凍詩

習習氣初通峨峨勢自融綠波歸舊水寒片漾和風暖想

千溪綻吹疑一夜空鷺翹休映白魚躍作翻紅繒裂方塘
上瓊流巨壑中漪漣還浩渺須賴濟川功

授御史大夫可司徒門下侍郎平章事制

門下坐霜臺而司憲振肅皇綱踐黃閣以持衡緝熙帝載
眷惟重柄允屬純臣其有首冠鴛行位崇烏府昊印之名
已著和羹之命爰行具官某尭殿神羊舜庭威鳳五色燦
補天之石四方觀測景之圭儼威容而青女司霜薦祥瑞
而黃人守日爰自位尊亞相道切致君挺屈軼以當軒雖
能指佞艤艅艎而在岸宜命濟川趙堯已振於威稜邴吉
佇觀於調爕式耀三台之位仍加五教之資罔敢汝私蓋
從師錫於戲君之命相唯過失是求相之愛君唯公忠是

舉勿咈人欲勿依予違蹢富壽而和陰陽寔有望於汝也往欽哉可依前件

恩賜宰臣一子可尚書水部員外郎制

勑公共無獨親之義帝皇有延世之恩爰舉舊章特覃慶澤惟爾嚴父爲予大臣加其調鼎之功命及趨庭之子俾升華省仍列清曹乃含雞舌之香式耀鳳毛之貴嘻古人有垂白郎署者爾起家居之榮亦至矣愼守大君之命免譏世祿之家負薪構堂勿忘古訓可依前件

除左拾遺直史館可開封府判官制

勑朕命大臣尹茲京輔厥惟佐職必愼其人以爾具官某位列諫官職兼史氏俾就試難之任式彰不器之才乃自

諫垣倅于天府裨贊之道爾其勗哉可依前件

歸馬華山賦（王者無事歸獸西岳）

聖人以文德昭彰放戎馬兮功齊武王望三峯而縱逸見萬騎以騰驤噴雪眠沙齕飲長城之窟嘶風齕草咸歸華嶽之陽當其鎔鑄五兵蕩平九野舞朱干以在上振木鐸而化下于以來遠人于以却走馬塞垣既靜何為夙駕之虞國步方清莫有生郊之者所以散屈産之乘觧渥洼之駒嘶北風而何益患南牧以應無朔吹生時免聽隴頭之水秋霜落處寧銜闕上之榆已而汗血休墜蘭筋不匱出皂棧以弄影入青山而解轡芙蓉峰畔爭翻歷塊之蹤邏迤城邊詎見防秋之事是何驌驦騑騑星分電飛十二就

之華纓不御五千仞之翠巘如歸遍晌幌以長鳴乎承天

麗必靈關而互躍似突丘園求別戎東車長隨野獸玄蒼之

病何有諸句之紋自瘦既無取於代勞亦寡貪於德寇空

疑旌旆映片片之朝霞更誤錫鑾鎣泠之山溜窗乎載驅

而載馳任自東而自西散亂浮雲之景奔騰逐日之歸認

巨靈於按鑾想石鼓於聞鼙兔隨棹轅之人揚塵此塞非

有然惟之貫朽骨青傒羨夫帝道方行王師既鑠取威。

圉在於幼嬰羅德唯稱於朽索有以見太平之業兮邁前

王可登封於泰岳

嵯峨同音詩

鼓簧名本異耕石意何同吹擊雖殊發聲音忽暗通難將

嶰谷韻谐合泗濱風莫問補天主休尋入海工鳳鳴應不辨獸舞自難窮古樂何人會須知政在中

節度使起復加雲麾將軍制

門下三年之喪萬古通制雖人子盡苴麻之禮而將軍有金革之文方資禦侮之功爰舉奪情之典其有土茅作翰風樹成悲舊章雖聽於終喪優詔宜從於順變具官某秉天迅翼躍洽祥金當時命未來鴻鵠曾嗟於壠上洎風雲得便蛟龍不在於池中勇爵素高懋官斯至築韓壇而嶽立持漢節以風行旌旆方慶於趨庭荼蓼俄悲於陟屺已過絶漿之日難終泣血之期是宜降丹詔以推恩許墨縗而從事仍加爵秩式表哀榮於戲執戈衛社者惟臣之忠

立身揚名者惟子之孝將顯父母勿忘君親勉樹勳庸無
忝光寵可依前件

允淮海國王乞落大元帥批答

勑淮海國王所上表事具悉惟王奄有全吳世尊中夏齊
封呂尚得專諸侯之征魯祭周公宜用天王之禮一心奉
上五世其昌爰歸京師且獻圖籍乃疏王爵無領元戎匪
示等威蓋旌夾輔王知止不殆謙尊而光既避位以拜章
可優賢而下詔旌乃賢明之德均其勞逸之心聽解重權
表台深旨所請宜依

右諫議大夫可御史中丞制

勑漢制大司空之下有中執法之臣蓋周官少宰之任也

彈奏弗法非實[賢]不居以爾具官某昌言有聞直道自任宜
從諫署擢在憲臺且命爾專道而行專席而坐舉劾糾禁
無曠厥官可依前件

賢人不家食賦 賢國之寶 家食生各

聖人以好爵斯懸養萬物兮法上天朝有代耕之祿世無
家食之賢含糗羹藜休隱衡門之下重茵列鼎爭趨魏闕
之前豈不以養正豐財求賢輔國既審像於[于]傅築亦明揚
於[于]舜側馳束帛以雲委揭干旄而杓直寂寂而永辭顔巷
誰復曲肱憧憧而盡赴堯庭自期陳力遂得四門穆穆百
僚師師蓋知乎觀所養也匪謂乎饑[飢]者食之考其才而受
其祿象於[于]豐而取於[于]頤罔敢素餐盡謇謇而無隱厥惟退

食必逶逶而有儀是知食乃人天賢為國寶克勤乎待士之禮允叶乎養民之道法吐哺以興周笑飲酒之在鎬當年漢殿猶聞索米之言今日商山不見採薇之老自然人爵無愧君庖有加借筯競陳於籌畫漱流休卧於煙霞不借不奢豈效何曾之室載饑載渴免同原憲之家得非敵有餘糧人無艱食君以禄兮御下賢以才兮舉職則知進之人欲鑿杯而莫得向使民起菜色時沉頌聲君築臺兮避債臣採穭兮偷生則識時之士雖竊禄以非榮方今三時不害百度惟貞夢到華胥高枕而寧勞旰食民躋富壽返淳而盡飫和羹士有併食儒宮成功文陣入官未免於五斗探學徒窺於數仞將期乎鼎食鳴鐘寧虞往吝

乾明節觀羣臣上壽觴詩

甲觀正儲祥羣臣獻壽觴捧登金殿穩深照赭袍光環佩和仙樂衣冠惹御香玄天共悠久碧海比靈長葵藿心無異鴛鴻翅有行何當隨近侍同此祝無疆

授翰林學士承旨可依前工部尚書平章事制

門下天道無為運五行而亨品物聖人有作設四輔以泰蒸民方隆太寶之基宜擇具瞻之位其有老於文學久事絲綸貢昌言於顧問之間變古道於典謨之際宜從禁苑擢在台司庶符命說之篇式長致堯之術具官某尼邱孕質昴宿垂精驥有德而可稱鳳非時而不下爰自優游丹禁輝映皇家驅三代之文章雲蒸筆下慎一人之禁密鶚

立朝端諫畋獵以上書請登封而作頌步鼇頭而且久歷
雞樹以攸宜未離喉舌之資更受腹心之寄沙堤金印別
光東閣之榮鈴索花磚罷赴北門之名極人臣之位資王
佐之才勉思啟沃之謨勿忝崇高之位(任)於戲予為元首汝
乃股肱推公共以為心弗私名器事弼諧之茂業用入邦
家誡之㝡之期太平之可致也可依前件

奠故節度使文

故某鎮節度使權重分茅功深衛社塞垣無患累朝而恃
彼長城天道難忱一旦而斷乎(我)右臂收淚對丹青之像含
酸聽鼙鼓之聲特命中牢往羞烈魄表君臣之大義俾存
沒以知恩魂旦(其)有知察台深意

宣示宰臣已下復百官轉對御札

朕聞古之王者樹謗木懸諫鼓[鼙]所以求己之過失也季代
以還斯道云廢七人諫諍之位徒有其名百官轉對之儀
稍近於[于]古誠為有益是謂彛章亦既寢之甚無謂也蓋以
因緣兵革頹靡紀綱在下者希旨而依違莫陳利病居上
者飾非而拒諫空歎覆亡朕嗣守鴻圖躬親庶政將欲立
無過之地行不諱之風凡爾立朝宜遵舊典俾嘉言之罔
伏期擇善而是從仍付有司悉依故事宰臣庶位申朕意
焉

大合樂賦 天地之禮 張樂雍美

王者作樂崇德因髙事天固大合之奏也暢至音於[于]自然

本乎人心風俗以之而變矣考諸古道神祇於是而降焉
豈不以大樂之制聖人能事于以導淳和之氣于以窒嗜
慾之志必使律呂克諧宮商有次絕靡靡之邪聲表愔愔
於大義以此感人而人悅以此薦神而神至其用也非八
蜡以六宗其大也必父天而母地見德音之孔昭信同和
而有自又何止百獸率舞丹鳳來儀亦將動孝思於嚴配
暢和樂於華夷繳如繹如所謂樂之大者載考載拊乃得
祓其聽之徒觀夫其儀濟濟大合之樂兮發而中禮於以
用之兮配至誠於祖禰其聲洋洋大合之樂兮發而有章
于以用之兮表至德於皇王匪但崇牙設猛簴張金石間
作干戚成行然後稱為雅樂哉議夫樂之設也非管非籥

樂之用也惟淳惟樸若非審音以知政安能制禮而作樂
聽之忘味佞邪之道弗興和而不淫厖正之風有覺是以
大合之樂其樂雍雍用之於圓丘方澤施之於除禅登封
豈鐘鼓云乎姑悅人之耳目異鏗鏘而已失盛德之形容
我國家韶頀登歌咸英盡美復夔樂於雅正黜鄭聲於惉
懘自然天地効靈耿休光於大祀

甘露降太一宫詩

甘露靄長空垂休太一宫瑞光經日在聖德與天通如醴
霑衣白凝脂間葉紅淋漓濟層漢顧眄駭重瞳五色名難
比三危味莫同秪應書信史千古仰玄功

賜天下酺五日詔

勑古者禁群飲所以節用而豐財賜以大酺所以布德而施惠禁之或慢則糜穀滋多賜之不行則屯膏是歎稽乎歷代寔曰彝章自唐室亂罹中原多事廢茲恩惠積有歲年朕負荷丕圖躬親庶政唯思旰食弗敢酒荒幸以宗廟降靈乾坤垂祐屬方隅之無事思黎庶以同歡特隆五日之酺式表一人之意可賜天下大酺五日仍令所在官給酒食

批答南詔國王請東封表

勑南詔國王某所上表事具悉卿勤王歲久望闕情深特推北拱之心遠有東封之請嘉賞之外愧恥良多朕聞封禪之儀皇王大禮苟非功格天地澤被昆蟲雖力行於一

時終取笑於千古矧在涼德敢誣介邱况燕土未平河流
屢決中夏之俗罹於羌戎多稼之田墊於水潦一念至此
恫瘝乃心而又鄗黍江茅東鶼西鶼未之有也泰山梁甫
匪予意焉卿當善育民人謹奉正朔登封之請以俟治平
誕布朕心固宜知悉所請宜不允

授藍田縣尉可右拾遺制

勑王畿釋褐諫署曳裾清要之資非才不授咨爾具官某
以文學登第以廉平效官特從侍從之班副我箴規之望
朝有遺政爾其拾焉勿虛諫垣以忝休命可依前件

宋王黃州小畜集卷第二十七 校

吾研齋補鈔本校

宋王黄州小畜集卷第二十八目録

碑誌

□□□□□右衛上將軍贈侍中宋公神道碑奉勑撰

前普州刺史康公預神道碑

宣徽南院使鎮州都部署郭公墓誌銘

諫議大夫臧公墓誌銘

故侍御史累贈太子少師李公墓誌銘

宋王黄州小畜集卷第二十八

碑誌

□□□□右衛上將軍贈侍中宋公神道碑奉勑撰 并序

皇帝冕而躬耕之明年端拱紀號之二祀夏五月戊戌上將軍邢國公薨開寶皇后之父也於後唐為外孫於漢室為駙馬上聞之震悼有詔輟視朝一日贈侍中崇戚里也嗣子衛恤上章請刻石於神道事下相府俾西掖掌誥之臣考其實而文之於是詳求家諜參用國史論次功行直而敘云臣聞仲尼修春秋載王姬之築館子長述史記列外戚之世家詩稱下嫁於諸侯傳云納女於天子內所以敦睦九族外所以協和萬邦因副馬以紀官著濯龍之通

籍其来尚矣可得言焉然而或禍敗自貽或賤微為累張
敖漢祖之子壻孝惠之后父親則親矣而貫高之釁生焉
衛青平陽之所天子夫之愛弟貴則貴矣而鄭季之出恥
焉加以器盈則覆位不期驕呂祿以后族而封王北軍共
擊班勇以父功而尚主東市被刑簡冊具存驕矜可誡則
有世開魯館家襲韓壇亭必復之公侯苟必大之門户長
守富貴無忝祖宗兼將相之崇高居后妃之親族殊勳懿
行溢美於青編善始令終騰榮於明代者惟我故廣平宋
公之謂乎公諱偓字仲儉世居廣平號為著姓公以生於
西都今為洛陽人也其先微子啟以帝乙長子商受庶兄
言不用以歸周國既亡而封宋盛德不泯列於三仁垂裕

下延遂參五霸緜緜瓜瓞世有其人遠則昌居代邸對周
勃以責公言近則璟立唐朝並姚崇而行直道至公家族
門閥益光累贈太子太師追封莒國公諱儼追封莒國太
夫人李氏大王父母也天德軍節度使開府儀同三司檢
校太師兼中書令贈尚書令追封衛國公諱瑤追封衛國
太夫人朱氏王父母也光祿大夫檢校司徒房州刺史累
贈太師諱延浩後唐義寧長公主追封楚國太夫人考妣
也皆積功累行克致高門翼子謀孫遂鍾餘慶先是晉天
福初房州太師用二千石為汜水關使張從賓之叛也力
戰死之公即房州太師之長子也方居幼學爰喪父天晉
高祖以公死政之孤貴主之子存恤撫養俟其成人乃補

殿直俾奉朝謁尋遷供奉官時天福三年也重以晉祖常事莊宗有舊君之禮每貴主入見聽其不拜時兵戎方熾經費不充惟公之家賜與甚厚盡而復取亦無倦色一旦晉祖從容謂貴主曰朕於主家無所愛惜但朝廷多事府庫甚虛主所知矣今輦轂之下桂玉為憂可命擢分司西京以豐就養因厚遣之且勑留司具晨昏伏臘之用至于醯醢率有備焉既而漢高祖為侍衛軍朝望攸重以公名家子又後唐之出也且風骨俊秀異乎諸孫欲以女妻之乃命長子承訓奉書於貴主且先以襲衣名馬遺焉承訓即漢之開封尹魏王也公與貴主拒而弗納漢祖又勑其子曰宋氏不諧勿復見我矣貴主知志不可奪遂許之及

漢祖出為北京留守表公偕行因補衙內都虞侯七年漢
祖使公修朝貢之禮禮成而退恩寵有加特授銀青光祿
大夫檢校右散騎常侍兼御史大夫上騎都尉充北京武
德副使少主嗣位改北京皇城使尋遷檢校刑部尚書軽
車都尉時開運元年也三年加檢校尚書右僕射上輕車
都尉俄屬疆埸失守戎虜亂華漢祖首建義旗遂成大業
睦姻行慶公實首焉授金紫光祿大夫檢校司徒守右金
吾衛大將軍兼御史大夫上柱國廣平縣開國男食邑三
百户駙馬都尉世祖微時常羨執金之仕魏朝納壻但求
傅粉之容兼而有之斯足貴矣時漢氏雖建大號猶用晉
祖之正朔即天福十二年四月也九月加光祿大夫檢校

太傅行右金吾衛大將軍充街使進封開國伯增食邑四百户賜開國奉聖功臣既而改紀年之號覃在宥之恩矧茲勳戚之家國被使藩之澤乾祐元年加特進封開國侯增食邑三百户少主之嗣統也在諒闇之中念藩垣之重乃以斧鉞付於親賢授檢校太尉使持節利州諸軍事行利州刺史充昭武軍節度使利巴集等州觀察處置等使進封開國公增食邑五百户實封二百户改賜開國奉聖保定功臣嘉州異俗緜谷舊封素推設險之邦遥伏建侯之利位兼掌武不亦優乎二年十月出鎮滑州增食邑五百户實封二百户外韋舊都虛昌古郡貞莊師律初登南鄭之壇藩翰王畿實主北門之管年猶未冠議者榮之無

何將相分權君臣失道周祖出潛淵而或躍知寶命之在
躬哉黎之功已歌於西伯升陑之衆遂揖於南巢公動識
幾微深明禍福以為羣周已析肆一揖以難扶大寶有歸
順三靈之改卜周室肇基慶澤首被徽章廣順元年增食
邑一千户實封三百户改賜推誠奉義翊戴功臣三年春
丁楚國太夫人憂哀毀過禮親族憫之服闋授左監門衛
上將軍增食邑五百户實封二百户禮卒通喪恩隆近侍
周盧有次環闠闠以無虞羽衛載嚴致華胥之甘寢世宗
之伐淮夷也公實從焉授右武衛軍統軍壽州行營副部
署兼右廂排陣使屬王師漸老戎輅再征江南大率舟師
次於東沛洲下斷我蘇杭之路也世宗遣公率戰艦數百

艘以襲之且命襄師慕容延釗領輕騎登陸而進與賊遇
於江中合勢大戰盡破之時世宗蒙犯矢石跋履山川多
爲野廬以駐行闕忽有猛虎近於乘輿公引滿射之一發
而斃叛命之邦旣摧枯而拉朽啞人之獸復食肉而寢皮
豈比乎樓船將軍徒矜水獸射聲校尉但署虛名而已哉
旣而劉贍委城納款李景割地稱臣班師旋淮甸之功議
賞復滑臺之命五年五月授義成軍節度使其制略曰長
驅下瀨之師若涉無人之境夷兇戡難爾旣立於殊庸礪
岳盟河予豈忘於豐報云南燕舊邦北闕孔邇河壖作翰
遙臨白馬之津穰下統戎即鎮卧龍之地十二月移鄧州
武勝軍節度使六年世宗以焦勞厭代恭帝以冲幼承祧

方頼勳臣爰崇異數授開府儀同三司增食邑五百户實
封二百户我太祖神德皇帝象叶泰（太）階功高大麓顧命雖
同於（于）伊霍謳謡不在於丹商樂推而遍乃民心揖讓而授
爲神器惟新布命方隆萬世之基念舊推恩乃冠三師之
秩建隆元年授檢校太師增食邑五百户實封二百户於（于）
時李重進凶恔（狡）無厭跋扈有狀公明惟先見志在奪謀飛
章述其邑藏窓指（旨）委以經略故有通州巡警之役焉旣絶
南奔之路遂下東平之詔重進奸謀果發王命不行太祖
親御六師直抵孤壘以公爲楊州行營排陣使列牧野之
車徒法常山之首尾師方因壘城以復隍格苗不待於（于）七
旬圍蔡止勞於（于）九日蕩平兇豎公有力焉飲至之辰首膺

茂渥七月授廬州保信軍節度使增食邑五百户實封二
百户旌戰功也合淝重鎮巢國古墟雖張遼守藩克靖淮
海而子牟戀闕終捨江湖四年夏十乘來朝三峯改鎮授
華州鎮國軍節度使鄭桓咸教之地素號豐饒晋侯河外
之田舊推形勝三輔既資於鎮撫雙旌更遂於優游國家
展禮圜邱推恩群后錫之懿號疇以井田乾德元年增食
邑五百户實封二百户改賜推忠宣力保義功臣是歲太
祖以坤道闕儀中宮虚位以公之世有行義可以合禮文
以后之天資法相可以當人主初求輔佐遂上宫闈沙麓
休徵果叶母儀之貴雎鳩雅興聿興王化之基亦何必射
孔雀以設奇鑄金人而語怪然後稱其神異哉既列外姻

乃移近甸五年授許州忠武軍節度使開寶元年增食邑
一千戶實封四百戶改賜推誠宣力同德保義功臣假鄭
伯之田時惟重地加紀侯之爵蓋有前聞三年授邠州靜
難軍節度加押蕃落等使指公劉之舊壤位重十連異魏
冉之出關從車千乘四年冬以郊禮霈澤加食邑一千戶
實封四百戶八年冬平東吳之列國九年夏幸西洛以告
成乃睠庶邦咸均井賦增食邑一千戶實封四百戶俄而
太祖以南巡狩蒼梧奄逼上仙之數東園畫梓遂纏同軌
之哀我應運統天睿文英武大聖至明廣孝皇帝飛龍在
御元龜告符大橫庚庚叶重熙於崇棣小心翼翼賚兊澤
於蓼蕭公奕世將門先朝內戚專征授命已持閫外之節

旄爰立登庸更作人間之霖雨授同中書門下平章事公既荷寵章乃修覲禮輯瑞有光於文陛建牙復命於名藩二年冬授同州定國軍節度使內史舊甸長春古宮澤湧若泉昔謂豐年之地草連沙苑斯爲牧馬之郊殿我大邦寔惟舊德三年冬皇上初陟泰壇大崇方岳增食邑一千戶寔封四百戶洎我后大平并寇親御戎衣公以扈從之勞享疇庸之典四年冬增井賦實食如三年之數越明年虜人犯塞法駕親征隨行在於鄴都委邊事於橫海以公知滄州軍州事擁左馮之旌旆臨滄水之封陲委注方隆威望愈重尋以邊封罷警朝命就藩六年冬上祀昊穹再陳柴燎爵邑之等率有異焉封邢國公井賦食邑如乾德

元年之數九年六月奉詔歸朝登於禁衛居中制外爰陞
拱極之班以逸代勞亦示優賢之禮出入之重又何加焉
授右衛上將軍雍熙元年冬增食邑五百户郊天之澤也
三年詔以本官知霜州軍州事未幾徵歸舊居環衛皇上
方耕春籍復益邑田加食邑如雍熙元年之數是歲公再
受命無判左右金吾街仗事緹騎二百尅靜神州金門九
重遂成高枕徼巡無怠儀位有光方將起灞陵夜獵之娱
赴瀚海防秋之役而後宮親屬終久次於闇章絶塞功名
遂不偉於竇憲齒髮向暮寒暄薦瘥中使御醫旁午於道
寢於北牖欲二豎之為祆升自東榮遂三呼而不復享年
六十有四即以其年冬十有一月二十五日葬於河南縣

龍門鄉南里從房州太師之塋禮也詔以中使護其喪
事先夫人劉氏晉天福中封彭城縣君開運中進封郡君
皆從夫之貴也漢祖開國封永寧公主少主乾祐中進
封秦國長公主周顯德中改封宣城郡夫人尋進封京兆
郡夫人公之將葬也開寶皇后泣血上言請加褒贈特詔
追封曹國夫人非常典也惟夫人素禀肅雍早從釐降雖
禯華已謝而蕙問長存天蔭本高不繫夫而命爵母道克
儒寧為子以求郎用能符勞月之嘉祥誕配乾之陰教新
野封君之號雖漏無彝文靈園邑之儀更光泉壤繼室以
隴西李氏故保大軍節度使洪義之女也開寶彭城劉氏
故左省常侍悦之女也太平興國中封莒國夫人栢舟自

誓常歎未亡有子十人長曰元吉終於西頭供奉官次曰
元振終於邠州節院使次曰元靖西京作坊副使次曰元
規前同州子城使次曰元度前同州親事都頭次曰元方
終於同州山河使次曰元載元翰俱未仕一子幼而未名
皆早聞詩禮不墜箕裘萬石君之子孫世推樸謹竇太后
之兄弟人言退讓承家幹蠱未易可量女十五人開寶皇
后即其長也次適崇儀使韓崇訓封廣平縣君其次未嫁
而亡次適西頭供奉官郭守能次二女皆早亡次適孟隆
諗即右龍武衛統軍玄喆之子也次適曹守讓即左驍衛
上將軍判金吾街仗事翰之子也次適西頭供奉官高處
榮即故渤海王懷德之子也次適董嗣顯即故通遠軍使

遵誨之子也次為比邱尼法名惠[慧]圓餘皆幼夭母弟三人
故宮苑使延業即其仲也今莊宅使益州內外都巡檢昫
即其叔也叔氏有子元輿進士第補祕書省著作郎直史
館秀而不實今也則亡故許州衙內都虞候延稹[積]即其季
也其餘女兄女弟猶子令孫殆三十餘人譜牒備存此不
復載或鶡立周行或蟬聯甲族畢萬之家旣盛固有本根
陳完之後其昌可知光大惟益部巡檢出自將家雅好儒
術雄材偉度朝論多之惟公生積德之華宗居累朝之懿
戚富而好禮貴而不驕始以勳德之家特膺選尚終無廟
堂之位遂極人臣功名享八字之褒封食䟽[漢]萬家之賦至
於[于]姬公太師之任黃權開府之資上柱國楚之寵宮上將

軍漢之重柄位列亞相爵為國公再居金吾再處環尹家出帝后室惟貴主藩籬八鎮周旋四紀有戰功以書史有世祿以傳家列振振之子孫啟渠渠之夏屋出則建崇牙開大幕有琱戈玄甲之徒奔走於戲下有影纓結佩之士羅列於初筵入則挺介圭峨武弁有彤弓湛露之樂讌饗於公朝有乘車文馬之賜勞來於私第家祭五廟陳樽彝分罷之數食具萬錢得鳴鐘列鼎之盛而年將耳順命以考終人無間然可謂達已昔人云躍馬肉食者四十三歲器何小哉前史稱朱輪華轂者二十三人禍亦大矣始終無悔公實有焉宜乎刊勒豐碑光表幽宅俾我休烈與宋無疆者矣臣掖垣備位論譔非工受明命之已行率謏聞

而塞職五月而葬素車方會於（于）同盟百代可知樂石頤垂
於（于）不朽銘曰
天地之道曰剛與柔后妃之德在河之洲嬀汭釐降塗山
好逑乃睦九族乃親諸侯大國之媛（援）外戚之助史不云乎
列侯尚主詩不云乎大邦有女夫婦以正國家以固日中
則移月滿則虧富（產）祿后族人得誅之梁冀外家鬼其餒而
簡册具存（載）居高必危休哉宋公勳戚累世唐之外孫漢之
主婿乃生聖后作配先帝富貴崇高光華譜系維公之始
生於（于）紈綺晉主撫之同乎己子漢皇妻之寔（實）為知己曾未
弱冠剖符千里維公之中深用變通鷃冠環衛虎帳臨戎
壽春維揚寔有軍功連移巨鎮克振英風維公之終我朝

懿戚為將為相以年以德罷殿侯邦乃尹環極能執干戈
以衛社稷嗚呼勳賢弗登大年薨於岭寢像列甘泉恩隆
賻贈寵賁貂蟬邊功未輯遺恨依然其誰拊之永寧園邑
昔也築館秦樓岳立王姬之車星繁霧集今也同穴沁園
雨泣貴主之墳烟愁露濕其誰哭之開寶宮中昔也歸寧
車服有容爛其盈門姪娣以從今也哀凶怙恃弗終號天
罔極鞠育何功乃會同盟乃先遠日丹旐悠悠佳城鬱鬱
薤露凄咽松阡蕭瑟萬古龍門豐碑屹屹

前普州刺史康公預撰神道碑

立功名之謂賢齊得失之謂道悟生死之謂達三者有一
則可為聞人矣況兼之乎其誰則然吾見於康公矣公諱

延澤字潤之代北人也其先蓋夏后氏之苗裔白淳維世
有北土自立君長其別處康居者即始祖也西漢時康居
國王納質於大單于其後單于內附遂有雲中以國為姓
曾祖嗣皇任蔚州蕃漢都知兵馬使累贈太子太師祖諱
公政皇任代州都知兵馬使累贈太傅考諱某皇任河中
節度使檢校太尉兼侍中贈太師謚曰武安公其世祿世
功載在武安碑此不復書公即太師之次子母衛國夫人
髙氏晉天福中起家補東頭供奉官歷漢逮周垂二十載
艱難險阻靡不備嘗以功轉染院副使我太祖神德皇帝
之開國也以荆湘未下詔宣徽南院使李處耘襄帥慕容
延釗出偏師南討而公實從焉時江陵高保融死朝議以

其子繼冲權領軍府因命公齎璽書乘驛騎以弔撫焉且觀便宜二帥留襄陽以待之公宣諭而迴盡得機事前導師旅長驅而南平定荆湘易於拾芥尋轉染院使監護荆南軍賞功也乾德中受代歸朝會國家有平蜀之役詔公爲北路前軍都監至固鎮主將王全斌請公領前軍先入以張萬友佐焉尋擊白水閣子二寨破之勒兵會乾渠渡下蜀人恃險出萬仞寨以待王師以公與萬友選死士百人先登水西寨以兵繼之縱火燔燒柵木俱盡遂取之明日全斌中軍方至乃合逼置口走之遂下興州與夔峽兵合進擊西縣三泉生獲僞興元節度使韓保真公皆有力焉由是乘勝討逐越大小漫天累戰皆獲赴利州夜半拔

之蜀人由桔柏江以遁乃燒浮橋保劍門恃天險也諸將方議進擊會有蜀卒來降自言知山川道路且告曰自益光江東有路曰來蘇直抵劍門南二十里蜀人設寨以阨之此捷徑也於是全斌欲自來蘇路入諸將莫有言者公曰來蘇小路無煩主師將可使偏裨以副大將親叩劍門劍門精兵所聚也且蜀人聞來蘇軍入必分兵以禦我此必克之勢也乃命公與史延德徃焉公曰書稱徯我后后來其蘇今路名來蘇天啟吊伐之義也遂捨車馬披榛梗而蜀師王昭遠趙崇韜果留小將守劍門引軍於于青強店下由是全斌克劍門獲趙王二師席卷而西矣時蜀世子玄喆統鋭兵守綿州聞劍關不守乃棄城而去蜀主遂令伊

審徵奉表歸順全斌因請公以一百騎先入成都安撫軍民且伺必降之意是時蜀國餘兵尚有七萬公往也人情危之公既全（至）以二十騎自衛入見蜀主諭以禍福示以恩信蜀之君臣舞蹈感悅留三日盡封府庫齎魚鑰而還全斌等遂平蜀國遣蜀主歸于京師詔公為成都府兵馬都監而蜀軍復亂且以全師雄為主（首）所在殺知州通判以應普州劉澤遂州王可寮果州宋德並援師雄偽署朝廷以公為普州刺史公詣全斌請衛兵赴理所與公四十人公發成都至簡州招敗亡之士得刀手一千人取器甲以給之乃教戰陣五（立）部伍擁之而去至郡境有賊甲鵬領衆五千來犯公一戰敗之擒七百人授偽命者立斬一百輩餘

皆釋之乃懸牓示人諭以逆順招集團結得刀手三千人敗劉澤三萬人自是賊勢稍沮公雖至普州廨宇盡為煨燼乃依山設屋權駐師徒而兵亂之餘無食可守公披攘群盜且戰且行直至遂州輦運儲畜以至成城畚鍤靡不具焉既而王可寮等數郡賊兵合勢來戰公又敗之逐至合州赴江溺死者不可勝紀來年普遂資簡昌合等六州飛奏以聞優詔褒美且命與曹璨充東川七州招安巡檢使仍賜錢帛委公等隨軍賞給自全師雄亂後東路艱難賊害使臣抄掠琛賚者多矣時師雄雖死賊衆尚有萬人立謝行本為主以羅七君等佐佑之聞公警巡望風而遁遂以賊衆保於金堂非公所部也公乃越境以討之賊

衆又遁因駐師以待焉卒平狂寇先是金堂新都洛縣等民為賊逼脅皆餉饋資給之公則出令招誘許以自新約自(旬)不來無少長皆殺民歸者萬餘户咸得安堵輸稅縣官故民心有懷賊黨自潰加以全斌等同心經略兩川悉平及奉詔班師主將獲罪皆以殺降兵受蜀賂故也黜公為唐州教練使天下人為公惋歎公處之自若不出怨言惟築室墾田聚書訓子而已十年間闢草萊植桑柘居沁水之上遂為富家家國(到)於今賴之開寶末太祖幸西洛祀南郊始啟(起)公為供奉官留監左藏庫今上即位就除左藏庫副使兼水北星(皇城)成大内巡檢又召公為東京畿内都巡檢使俄而公之猶子六人皆恣用家財不事生產公以禮義

昜之反生怨懟乃撾登聞鼓願祈祖業以自給詔公以理
處割事未定會靈昌河決公受詔塞之諸子復訴公違詔
遂罷使職退居洛陽不數年向之猶子已饑寒於道路矣
上躬耕之歲公會恩例當起權河南尹許仲宣頗相勸激
公曰三代為將道家所忌吾自蔚州太師而下世傳將帥
今幸功名以繼祖禰年享壽考運逢理平使子孫去櫜鞬
襲縫掖熙熙自樂以終天年吾願足矣吾嘗讀李廣傳見
其兵敗削為庶人幸匈奴犯邊被召而起及軍吏責薄自
刎帳下欲望灞陵夜獵其可得乎古人成敗取則不遠以
老疾為辭而奏其二子焉淳化三年公七十六矣一旦謂
其子懷珪曰吾衰耄若此死在朝夕苟以先太師之靈得

保首領以沒於地吾無恨然吾有平蜀微功思預刻吾墓其誰能之吾聞商山王副使舊直紫薇有文稱於代又嘗任長洲宰時汝為姑蘇從事亦同僚也試為我請焉懷珪曰預凶事非禮也且心所不忍公曰此人子之大情名教之舊制也吾則不然且古之達者以生為寄以死為歸今吾官歷二千石年踰七十六吾不死而安歸乎吾欲生前自視其文知辭無愧而功不誣也懷珪不得已命其子齋書而來某據事狀次而書之大率平蜀之功公居第一離而辯之其功有五若先入蜀境擊白水閣子二寨開王師破竹之勢其功一也徑赴來蘇分蜀人青强之力使劍門勢解其功二也以二十騎入見蜀主其功三也以四十人

定晉州其功四也越所部擒羅七君其功五也至于謨議機權賞罰威戮所不盡者有公之自著平蜀實録在焉初全師雄之亂也諸將議殺降兵二萬七千人恐為内應公獨請擇老幼疾病者七千人釋之然後起二萬人以十人為率皆反接之若連雞貫魚桴江而下以兵衛之比賊衆知之可二百里矣若寇来刦奪殺之於江如此則殺有名矣雖不見用可謂仁乎後國家議罪果以殺降為名有先見之明不免于戾者命矣夫公形貌魁傑知謀宏遠剛而有變勇而能仁負將材喜兵法雖為王公之子恥以恩澤封侯故能立功于當年齊得失以知命悟生死而無懼雖古之名將世之達人何以過此與夫仗劍而悔降兵仰藥

而罪地脉者不亦賢乎公始娶安氏蔚州别駕某之女也先公而亡男五人長懷玉進士不第早亡次懷珪前平江軍節度推官試大理司直次懷理以侍親幹家未聽入仕次懷璟懷璉並補三班奉職孫二人贊華舉進士贊臣尚幼公再娶李氏封隴西縣君秦王儼之第七女也以某年某月某日終於西京私第某年某月某日葬於某鄉某里禮也銘曰

神德皇帝駕馭英雄始即南面乃平西戎孰為前蒐時維我公白水寨碎来蘇路通劍門天險一旦憧憧蜀既送款衆尚七萬其誰尸之公膺是選擁二十騎揚鞭入見諭以禍福蜀民舞抃事訖而還王師席卷全蜀雖定群凶未收

帝命我公歐攘懷柔剌舉一郡警巡七州盜死原野人服田疇定功議賞理當封侯孰為獿狡喑唶吠呌譎去必陽前勲弗較三月不仕古人相弔矧惟我公十年不調不調維何熙熙而笑太祖起之厥官尚徵我后增秩暮年有輝徼巡西洛按察東畿竟坐家事終成罷歸君子知命達人息機先人弊廬可庇風雨知止知足何思何慮度見曾孫名揚先祖死謂為歸預銘厥墓不朽之功永光壠樹

宣徽南院使鎮州都部郭公墓誌銘　并序

郭氏之先號叔之後也號郭聲近因而改焉婚閥軒裳代為著姓自兩漢兩晉而下其間立大功居顯位者不可僃書有唐已來孝恪為佐命之將汾陽王子儀代公元振皆

人傑也本大枝茂侍中公當之公諱守文字國華并州太原人也曾王父諱湛贈太子少保曾祖母劉氏追封彭城郡夫人大父諱秉贈太子少傅祖母郝氏追封太原郡夫人皇考諱暉贈太子太師妣趙氏追封天水郡太夫人皆從公之貴也公即少師之長子少師在漢為護聖軍使從征蒲帥李守貞先登而歿時公尚幼周高祖見而奇之召置帳下旌死事之孤也洎授禪元年補左班殿直且以銀印青綬崇其階級用國子祭酒司憲大夫紀其官氏上騎都尉策其勳伐起家之命有足優者時廣順三年也世宗嗣位檢校冬官卿加上柱國時內職東西兩班各置押班之名又署都知之職公皆任焉顯德中徧歷禮部刑部二

尚書待之雖優用之未至公韜晦而已但以謹愿聞我太
祖神德皇帝之開國也素知其名建隆初遷地官之長充
西頭供奉官三年改大司馬開寶中授大冢宰是時太祖
經營四方有澄清天下之志勵兵謀帥之外所難者乘使
車傳密命之人矣始得公以用之公既以知己之主難逢
亦以使者之才自許往復萬里不逾浹辰敷奏閑詳動中
上旨西蜀平以公知簡州軍事吏落未化寇攘孔多公視
盜以威撫人以惠人安盜息公之力焉開寶四年問罪嶺
表公與其行遠馳捷音數日而至授右僕射翰林副使八
年下金陵虜偽主是役也公亦往焉太祖以李煜恃險累
世勞師踰年慮其懼罪自圖有傷國體詔公監送之公待

以周旋加之開釋嘗謂曰國家止弔苗民之頑不責防風
之後也以至俘於端門獻之清廟公之智也太祖嘉之賞
賜殊厚九年二月遷左揆改西京作坊使翰林職司如故
四月封南陽開國男食邑三百户是歲從曹州節度使党
公禦胡騎於團柏谷大破走之降璽書慰勞今皇帝即位
之始乃作司空太平興國三年以西羌弗寧秦隴搔動詔
公安撫和輯之丁内艱而歸哀毀過禮未幾授起復西上
閤門使上行郊祀之禮霈雷雨之恩俾遷司徒以敷五教
四年上載木主御戎衣討汾晉之邦除腹心之疾以公為
河東行營馬軍都監兼先鋒使時多為地洞以穴其城且
命公提舉經略之渠魁面縛戎輅凱旋公實展其力先是

王師之未至也劉繼元以其弟繼文軍於雁門以張掎角
至是尚守孤壘以招犬戎詔公赴之棄城而遁車駕還以
公為定州駐泊兵馬都監冬十月胡馬南下公出禦之遇
於蒲城一鼓而潰還東上閤門使澶州刺史旌戰功也五
年冬十月復有常山之命會戎人攻我雄州公承急詔領
輕騎以援之狂虜望風而退六年冬上再郊圜丘大賚群
后加金紫階進開國子增食邑五百户七年奉詔歸朝明
年遷內客省使仍以郡印處之雍熙元年進封開國侯加
食邑一千户卜郊之澤也二年春二月有幷州駐泊之命
三月就遷武州團練使內省之職不觧五月夏州白狄之
戎叛公往招誘之至則張以軍威諭以朝旨誅逆撫順蕃

部便之三年春大舉平燕之役以公為幽州道行營前軍
馬步軍水陸戰棹都監其初也纔上捷書屢賜優詔公以
暑雨將降師老為憂力戰方酣忽中流矢公聲色不變人
莫知之俄而我師不利朝議左遷授右屯衛大將軍斯益
馮異迴溪之敗仁貴大非之失也四年春特拜宣徽北院
使充鎮州駐泊北面排陣使端拱元年上修帝籍祀先農
恩例之行乃遷太保加食邑一千五百戶改宣徽南院使
夏五月詔許入覲聽其休沐秋八月召詣便殿付以密旨
授鎮州行營都部署二年五月兼領鎮定高陽關兩路排
陣使百萬之師四七之將萃於是矣公以威愛撫下以謙
和御衆有譽無毀時論多之方將伸威大漢剗恥蹛林焚

老上之庭横行城外係單于之頸牽致闕下公之志也人之望也天不憖遺忽焉薨殂以十一月九日捐館於鎮陽公署享年五十有五上聞之泣下特詔輟朝兩日贈侍中皆非常例也遣黃門護其喪柩喪事之費給於縣官以淳化元年某月某日葬於東京某縣某鄉某里禮也公娶梁氏封安定郡夫人有子四人孟曰崇德承奉郎守太常寺太祝仲曰崇信叔曰崇儼皆為西頭供奉官季曰崇仁幼而未仕有後之義其在茲乎女二人長適殿直張永福左千牛衛將軍再興之子也次許忠武軍節度使太師潘公之孫未行而卒公學軍旅之事負將師之才綿歷兩朝遭逢四主閫外之政多識便宜禁中之言未嘗漏露守封疆

則盡命援桴鼓則忘身家無餘財軍有遺愛降年不永大勲未立可痛惜哉嘗試論之曰自古畫策安邊銘功絕域者趙充國班定遠稱為名將然皆年餘七十乗老窮荒而後能著其效非一朝一夕之故也向使公天假之年如二賢之壽則醜虜不足平也見託勒銘直書無媿其銘曰

天難諶兮命靡常國不幸兮人之亡公之生兮威加北荒何以貴之兮駟驖彭彭公之歿兮魂遊東岱何以贈之兮珥貂煌煌遺英風兮傳雁塞閟貞魄兮啟牛岡銘貞宅兮昭茂績隨地久兮天長

諫議大夫臧公墓誌銘并序

淳化二年春三月詔以右諫議大夫臧公知江陵府事四

月至理所八月得微恙猶視事不輟明年春疾亟不能出
外屏飛奏以聞上命中貴人領御醫乘驛視其病禮之如
將相既而餌藥皆不效肩輿歸京師以五月某日終於私
第年五十三上聞之軫悼且問其嗣或奏曰有子待用未
冠乃授國子四門助教以某年某月某日葬於某州某縣
某鄉某里執友太原王某哭而銘其墓公本諱愚字仲回
因夢先洗馬導從入其第呼公立堦下且命仰視曰老人
星見矣公夢中如教見黃明潤大若圖諜所載者再拜而
寤私喜曰吉祥也以壽星出丙入丁乃名丙字夢壽公年
十七八始執筆為四六文字甚有風彩故兵部侍郎王公
祐以監察御史裏行宰大名之屬邑先洗馬事魏王符公

彦卿為要職每王公詣府必厚為供帳館王於第且出公拜而以所業師焉王公覽之歎異曰此子可教若進修不已當為聞人後變格慕韓柳文頗近闡閫既冠丁父母喪哀毀成疾伏枕者彌年家財鉅萬悉以散朋友親戚視之糞土如也產將竭而病亦愈遇日者於太行山下言公四十當成名公信之因落魄於杯酒間又雅善音律章程之伎為時輩所推服嬉遊任俠者十五餘年上即位之歲一舉登進士第解褐大理評事通判大寧監監之所職煑井為鹽先時主事者悉多逋負械繫不減百人公問其故咸曰鹽之要在積薪於夏秋煮井於冬春則輯事矣向者官給柴本錢主事者恣為私用薪既不登鹽將安出公因取

其質而給其價故薪聚如山迄公一政亡被責者受代之日人為之泣下是歲上親征太原見於行闕授太子右贊善大夫并寇平以公知遼州軍州事有偽署衙校劫盜於民者公械送朝廷時以舊染之俗務從寬貸因赦其罪復補衙職公禮待之且約無再犯不踰月劫盜如故公捕獲之皆磔裂而狥然後以聞有祕書丞馬汝士者公進士同年也以本官知石州為政嚴急軍民苦之且與監軍不協一夕於公署中刺刃在腹而斃遂以自盡奏之公上疏理其事其略曰儻明其負罪自裁屍宜更戮苟雪其非辜致斃魂亦無寃上覽之駭異遽命按其事且召公還便殿與對上問公曰馬汝士遇害爾知其人乎公曰人則臣不知

言自盡則厚誣也凡人罪非殊死未有棄其生者臣觀汝
士所為略無私過葢盜憎民怨爾然汝士一夫之命不足
挂聖慮但祕書丞是陛下五品朝官今死既不明宿衞者
亦不加罪臣恐今後書生不能治邊郡上為沉思久之勉
勞使罷留監在京茶庫繼賜錢五十萬遇郊禋加著作郎
太平興國八年拜右拾遺直史館賜銀章朱紱尋知許州
在許三年急吏緩民而已遷河東轉運使積粟餉軍邊用
稱足上籍田之歲以恩例加尚書工部員外郎直史職轉
運如故歸朝授户部郎中面賜金紫且詔知審官院事上
重四品官轉司農少卿未幾有大諫荆南之命辭曰賜錢
千萬之任多病卧治而已公為人廉直剛决仁義忠信知

止足不苟且與人交禮簡而情至故久而彌篤凡妻之昆弟姊妹之壻接之甚謹雖竟日踰年語不及於私藝人以此為難監茶庫時今少府少監雷有終以殿中丞與公同事故真定王再入中書權貴德望燻灼天下朝廷得一見與語者自以為榮公朔望投刺未嘗求見真定使人召公公未至使愛子羽林大將軍承宗達其意是時某以舉進士館於公家嘗勸公速往公乃修謝啟緘封訖復遷延數日某問其故公曰趙侍中不樂雷氏衆所知矣今某與雷同職不告而去恐招物議因白於雷雷果曰此無他欲使著作伺吾罪釁矣公乃焚其啟終不詣真定其不趨權勢也如此惜哉不享上壽不登大用命矣夫公之世祿世功

洎昭穆鄉里詳洗馬誌中公即洗馬長子娶張氏封清河
縣君子二人助教長也次曰某女一人適進士楊雲卿銘
曰
胡為乎有生去来兮靡恒吉夢惟星兮竟亦無徵浮生一
夢兮營營甍甍夢中之夢夫何憑嗚呼丙父名令圖洛陽
人

故侍御史累贈太子少師李公墓誌銘 并序

給事中判河南府兼留守司事李公將葬先少師走僕求
誌其墓行狀云公諱某字某趙郡人廣武君之後也亳州
團練使太清宮副使諱幹曾祖也泰陵令贈太子少保諱
豐祖也洺州團練判官贈太子少傅諱滔父也公幼孤事

母以孝聞有文行為鄉里所稱方將決科名取貴仕邢帥薛懷讓知其名奏觀察支使公以迫於就養不暇擇祿帥移左馮復授記室得五品服色丁母憂護喪歸洛舉先少傅合葬焉制終得盩厔令秩滿歷邠州觀察鳳翔節度二使判官尋為朝士推薦入拜殿中侍御史掌梓州榷鹽院歸朝奉詔知舒州軍州事時太祖問罪金陵彌年未下沿淮諸郡供億百端勤王之功舒實為最公以恱使民以樂輸未嘗鞭一人呵一吏而餉饋之用集矣朝廷議其勤就加侍御史以太平興國元年八月二十二日寢疾終於治所享年若干給事之始登朝也贈某官入西掖又贈某官在中書超贈太子少師夫人周氏故邢州節度判官琪之女

也以孝謹事先姑以慈嚴訓諸子賢明之行宗族稱之始封汝南臨潁二縣太君又進封汝南郡太夫人淳化四年閏十月二十二日終於東京私第四子長曰沆給事是也次曰贄著作佐郎次曰源太常寺奉禮郎次曰維官與贄同三女長適武功蘇昌嗣麟遊縣令次適太原王永孚密州録事參軍次適沛國朱貽孫皆良壻也以某年某月某日祔葬於西京某縣某鄉某里從先塋禮也公自從事至臺端率以寬簡為政所在民吏愛而思之儒學之外雅好易象老莊之書復能踐其言而行其道外累不入中心晏如居官清不近名直不忤物得俸祿隨手而盡未嘗有意於治生唯教誨諸子早夜無倦餘慶鬱積給事當之用是

為近臣參大政文章器度時稱巨賢而立朝之士有識少師者必曰給事履行實得父風及罷政事丁外艱而執喪食貧殆不能為禮上聞之歎異賻贈有加如維也文學亦如其兄自餘俱成令士三代贈典皆從子貴積善之道豈誣也哉今以二品之禮葬少師之服歛不亦哀且榮乎初給事直館殿知制誥入內署佐中樞而太夫人尚無恙朝請之暇兄弟舉觴為壽慈顏既和綵服起舞盡歡而罷率以為常每正至入宮壽寧祝聖婦姑相望肩輿煌煌人臣及母之榮無以過此非父嚴母慈兄良弟悌疇能若斯其盛歟銘曰

李氏之先廣武稱賢子孫緜緜少師燕翼位不充德餘慶

鬱積給事堂堂邦家之光庸詎可量既贈其父又封其母

積善之報孝子顯親納石於墳刻爲斯文

宋王黄州小畜集卷第二十八 校

吾研齋補鈔本校

宋王黃州小畜集卷第二十九目録

碑誌

連前目録

宋王黄州小畜集卷第五十九

碑誌

□□□□ 故商州團練使翟公墓誌銘 并序

公諱守素字昭儉濟州任城人也其先益漢丞相方進之裔也曾祖諱某皇任某官祖諱某皇任太子少保致仕考某皇任率府率公即率府之次子也天福初以蔭入仕補左班殿直轉供奉官自晉至漢時亂位卑祇役不暇故勤雖至而功未立矣洎周高祖以來奉皇華將容命號為稱職者屈指比數公首與之世宗初平淮甸詔公為蘄州兵馬監押兼沿江巡檢善修其職遂改承天軍使自是聲績聞於時矣我太祖神德皇帝乾德中始議平蜀用許帥王

全斌為主將且擇使臣恭謹者隨軍任使而公實從焉蜀
既平公奉捷書馳驛騎入奏太祖嘉之擢授引進副使時
故中書令石公以佐命元勳始拜平章事鎮汶陽乃詔公
為鄆州生辰國信使賞勞也尋加判四方館事且以全蜀
雖下羣盜未息再命公分屯士卒經略郡縣乘傳往復頗
得機宜由是益親信矣開寶中麟府二州番族搔動以爭
地不决鬭於朝廷公承詔和戎部落悦服扈從輦輅薄伐
并門轉引進使出為成都管內十州都巡檢使賜錢五百
萬謝日復授宣充鳳翔府魏王符公官告使公以錫賚優
厚懇讓不已太祖曰汝十州巡警煩費亦多不足讓也當
時寵任在同列間鮮有其比及受代歸朝會淮海王入覲

命公迎勞頒得禮容并寇稽誅大勳未輯公與洺州防禦
使郭進領偏師侵掠深入敵境至五臺縣界取禾蹂稼實
有力焉今上嗣寶圖行兌澤授客省使憲州刺史會梅山
洞蠻恃險叛亂受詔為都部署招懷討擊五谿悉平淮海
王納版圖奉朝請公為兩浙十三州安撫使尋知杭州軍
州事勞来安輯浙民便之政成召歸為西京都巡檢使因
權知河南府兼留守司事浩穰之政雅亞上都簡事勤公
月餘自理加以修宮闕奉軺轉貴倖旁午終無間言加商
州團練使上念延安戎夏雜處以公麟府之役深識番情
知延州軍州事端拱初邊鄙未寧胡羯南牧議者或請堅
壁以待之公以河北諸州繕修城壘遂充天雄軍兵馬鈐

轄知大名府復以上黨近邊素稱難治知潞州軍州事咸
有課最達於朝端上方考古道與方田俾封疆之臣修耕
戰之備公為代北万田都部署事畢改并州兵馬鈐轄移
夏州駐泊未幾知鳳翔府事朝議以趙保忠歸鎮夏臺可
息經費求其監護無易公者遂再往焉公承上戢下頗叶
便宜改石州駐泊上以公驅馳且久齒髮漸高俾歸郡封
以均勞逸在郡周歲方將拜章乞骸歸老田里以淳化三
年八月五日遘疾終於官舍享年七十一娶張氏封清河
郡君先公而終子二人長某早亡次繼恩右班殿直孫若
干人長惟德商州衙内都指揮使四年四月某日葬於開
封府某縣某鄉某里禮也公歷四朝事八主檢校官自常

侍至太保兼官自監察至大夫階自銀青至光祿勲自武
騎尉至上柱國爵自縣男至郡侯食邑自三百户至一千
户惟公謙和畏慎慈惠恭謹積此八者終身不衰嘗涖大
都臨劇務無留事無敗獄以矜嚴訓軍旅以持重守邊防
出疆有專對之才行師無失律之咎世之稱諳練時務者
公實首焉及治商於郡事尤簡蓋國家優賢養老且休息
之而早夜孜孜未始懈怠若初筮仕者每斷一大辟雖罪
狀明白了無所疑亦必委細諮詢徧乎僚吏以至再三而
後用法復能不忤物不近名奉詔條外不求赫赫之譽知
屬吏過失未嘗面言必因公宴引數十年前事曰某人嘗
為某過得某罪旁指曲諭微警誡之周旋縝密率多此類

故能四十年間無纖芥之過始全身於亂世終立事於清
朝語侯伯間未易可得考終牖下不亦休哉某左官商山
實公之副熟聞履行得以直書銘曰
官二千石世祿之厚公能守兮齒七十一人生之壽公能
有兮委質明代傑無咎兮歸全幽宅光有后兮

殿中丞贈太常少卿桑公神道碑銘 并序

按喪葬令五品已上立碑螭首龜趺高不得過九尺又云
文武五品已上致仕官薨卒者其弔祭賻物依見任殿中
丞品第五太常少卿品第四今雲中留后桑侯葬先少卿
樹碑於神道用舊制也公諱光輔字魯卿其先弘羊以心
計得幸於漢武世居東郡之黎陽徙家於高平鉅野縣周

顯德中以縣為濟州今為郡人焉曾祖某祖某並隱晦不
仕考諱某密州莒縣主簿公即莒縣府君之長子以唐天
祐甲戌歲生於鉅野既冠長七尺風貌峻整襟懷豁如治
三禮窮其淵奥隨鄉舉累上為權勢所軋退耕隸業一不
屑意太平興國初太宗皇帝親試舉人拔孤平湮厄之士
公始以本科擢第於御前解褐許州郾城主簿會太宗親
征幷壘詔郡縣督民飛輓以餉六師郾城令當行令畏懦
有憂色公曰古人辭易不辭難急病讓夷吾之志也今天
子蒙犯霜露弔伐叛逆臣下宴安之時耶遂詣郡請代令
行事畢賞勞改濰州團練推官祕書省校書郎俄遷大理
評事兼監察御史充泰寧軍節度推官時留居已掌禁軍

號御龍直以宿衛忠謹恩顧彌渥因從容侍立奏曰臣父
年齒甚高爲藩郡從事非所樂也臣坐享厚祿不得奉朝
夕之膳心所未足因制授太子左贊善大夫致仕明年轉
殿中丞賜五品服色優游輦下時議榮之以淳化二年六
月十二日寢疾終於上都之官舍享年七十八以留后貴
賻贈有加是月權窆於法寶寺自淳化四年太宗郊祀至
咸平元年今上嗣位由成均博士累贈奉常亞列夫人張
氏先公而亡追封南陽郡太君子四人長曰贊即留后太
傅次曰某次曰某次曰某女一人適某官以某年某月某
日葬於本縣獲麟鄉休祥里以清河郡太君祔焉禮也公
讀周公孔子之書而道屈於場屋負冉有季路之政而命

厄於州縣積善餘慶留稽得之用能會風雲如代邸執干戈以衛社安邊却敵勢如長城尊主庇民精貫白日善訓之道有自来矣某鉅野人也為兒童時少卿數来吾家先人命拜少卿踞受曰童子答某常記之見託勒銘辭實無媿銘曰

富貴無種善惡有源不在其身在其子孫少卿儒雅留后藩垣文武之道在公一門公来懸車享茲眉壽何以饋之肥羜旨酒公去賓職處茲高堂何以貴之赤紱銀章令終帝里歸葬吾鄉樂卿褒贈壠樹增光刻銘真宅千古流芳

右衛將軍秦公墓誌銘 并序

栢翳之盛享國於秦其后子孫或以為姓公諱某字某盧

江人也曾祖某唐末事吳以功為武昌軍節度使事見本
國史祖太岳州刺史父進遠宣州節度副使贈右監門衛
率府率公即率府之長子當李氏建大號也弱冠起家補
殿前承旨仍令禁中侍從無主踐中主嗣位以公為行從
副使益加親信恩寵莫貳公謹偸惕厲卒於無咎中主幸
南昌而終公實扈從受遺命冊后主於建康禮畢議功將
加不次公三上章願守陵寢情不可奪優詔許之授陵臺
令朝夕灑掃朔望涕泣積十餘歲其志不衰后主聞之頗
為悲慟詔書三下強起公為尚衣使澄心堂祗候澄心堂
后主讌私之所也非親密未嘗到此凡關機務公必與焉
王師弔伐之歲以公為撫州兵馬都監擇才而捍難也師

環金陵城中堅壁時朝廷命浙兵攻其東以公為壽昌殿
使充建州監軍使知軍州事昇州不守亡將盧絳率潰亂
之兵屠歙州殺郡牧遠近為之震駭頓兵富沙逼我城壘
公堅守力戰郡人獲全居主降詔於郡縣曰天命有歸無
復顧望且命封府庫以聽朝旨公奉詔哭訖緘符印使次
子義表納焉太祖嘉其為臣有節完郡有功璽書褒美錫
賚有加以義為右班殿直公歸京師便殿得對恩禮越等
授西京作坊使金紫光祿大夫檢校司空兼御史大夫上
柱國初江表之平也諸郡守長於蒼黃中侵取官財用以
封植居皆自敗並伏其辜惟公束身而歸毫釐無一取太
宗嗣位素聞其事非時召見慰勞久之賜錢三十萬以本

官監白波軍居三年授西京巡檢使賜錢如白波之數歲滿充廣英等十二州巡檢使又賜錢五十萬歸朝改右監門衛將軍爵為開國侯食邑一千五百户淮南六州巡檢使轉右領軍衛將軍實封二百户淳化五年歸朝以五月某日寢疾終於私第享年七十八夫人陳氏封頴川縣君以令淑聞於宗族先公而亡三子長曰著舉進士不第而卒次即義也今為西頭供奉官閤門祗候以才幹為時所推有居之慶其在茲乎季曰恭亦早夭二女並適人而逝以某年某月日葬於某州某縣某鄉某里以頴川縣君祔禮也某與義交甚熟託為銘曰

李氏割據百官備具去就終始公得其所人皆冒榮我守

臺陵銜哀十稔寵詔三徵又去危邦我保孫壘郡民是完
國亡乃已人幸喪亂侵取公財我無一毫空手而来我公
来思二聖念之内職環尹便蕃寵綏人患凶夭我獨眉壽
人憂子孫我獨有後天之報施在公匪謬誌墓刻銘永光
世胄

殿中丞贈户部員外郎孫府君墓誌銘 并序

端拱元年正月朔殿中丞富春孫公自龍州受代終於岐
山諸孫護喪權窆於許服闋長子何舉進士中甲科聲名
振天下俄拜右正言直史館賜三品服進階為朝奉郎策
勲為騎都尉且命副漕運使于畿甸之西按行數十郡屬
吏故人負弩望塵之不暇今春上郊祀畢以何貴制贈殿

丞府君為尚書户部員外郎將改葬請進士王巘齋書来
滁上乞銘於工部郎中王某公諱庸字鼎臣其先出於姬
姓春秋時事衛為卿三國時據吳稱伯五代祖植始渡江
為頴川長史高祖簡徙居於蔡曾祖中祖真皆隱德不仕
考諱鑑贈大理評事先妣劉氏追封彭城縣太君皆從公
之貴也公即評事之次子少孤力學舉進士不第退而修
經世之務欲以布衣干天子取顯仕而行道此其志也周
顯德中徒步詣招諫匭上贊聖策凡二十有四條多引貞
觀時文貞公事以自比世宗覽而奇之命策試於西掖解
褐除開封府兵曹參軍會省吏員再考而罷建隆初授河
南府河南縣主簿月餘丁彭城太君憂服竟留守向公從

民之請以前銜署攝又權司法參軍乾德中調于天官得
開封尉以親王出尹而公實事之秩滿考績議當美遷會
上言令錄多缺有詔趍吏部丞行補注且曰無限品第因
折六資爲登州錄事參軍居十載不得代太平興國五年
徙官巴蜀會朝達表公之才且稱其滯上亦記公之名始
授太子左贊善大夫尋以本官知制門軍事明年賜緋衣
銀章旌善政而疇久次也移典龍州軍州事雍熙初遷殿
中丞在郡四年復命得疾肩輿而歸享年六十有七夫人
張氏故國子博士潤之女也先公一年而亡生以夫貴封
清河縣君歿以子貴追封河內縣太君次子僅舉進士文
學如其兄次子侑少秀爲詩長女適鄂州錄事參軍王道

隆夫亡守志次女適進士劉仲堪俊而有文某年某月某
日葬于河南府某縣某鄉某里從廷評府君之塋以河内
太君祔焉禮也昔西漢選用經術晁錯董仲舒以對策高
第顯太宗褎拔王佐劉洎馬周以上書稱旨達户部其斯
人之徒歟葢士君子得其時則功成事立大位及於身無
其時則卷道藏器餘慶發於後報若影響曷嘗有差始世
宗得公之策即欲擢升諫垣有沂水人趙守徽以草澤上
章拜右拾遺未幾坐家行不修貶商州户曹椽丞相范魯
公謂公誠有奇才歷試而后用時移事去沉於州縣此一
不遇也故事尉兩畿四赤者滿歲則拜諫官御史由是而
為大寮公獨折資糾郡陸沉者十稔此二不遇也上久在

藩邸僚吏數多即位以来鮮不超擢其間才如孔維者亦
至祭酒而公守道退黙未嘗自陳竟以列庶僚典遠郡而
終身焉此三不遇也嗚呼天其或者屈公之位而大公之
嗣乎至於業官之績可以為吏師修身之道可以為人範
廉財慎言出於天性好學博古老而不衰又今人之所不
及也具於家狀此不復書有文集二十卷行於代味其言
知其道矣初廷評府君以通五經隨計於僖宗朝屬巢寇
覆二京而罷干戈之中講議不輟秦宗權欲引為賓介以
疾拒之夫如是則户部之賢三英之秀有自来矣先是某
為左司諫知制誥有以何之文相售者見其文有韓柳風
格因夸於同列薦於宰執間居數月何始来候吾又得僅

之文一編時給事中兼右庶子畢公與吾同典誥命適来吾家因出僅文以示之讀未竟乃大呼曰嚇死老夫矣其為名賢推服也如此僅之就舉也以兄中狀元抑之末第方今搢紳中言掌誥之才者咸曰朝廷不命其人則已命之則必何也場屋中語科第之殊級者亦曰國家罷舉則已舉不罷則首冠者必僅也吾是以知廷評之積德户部之道屈在夫三子矣豈止文學之出人矣又將富貴之逼身也銘曰

賢人有位止於身貴無位于時子孫得之廷評素履家食而已户部偉才朝班而止貽謀遺志付與三子三子堂堂天實祐爾賦爾懿文錫爾繁祉翰飛聖朝何啻萬里君子

曰孫氏之諸孫其光顯於宋乎

累贈太子洗馬王府君墓誌銘 并序

在昔唐鼎入梁諸侯各專其地就齊魯而言則王師範據淄青時溥據徐宿朱瑄朱瑾據兗鄆皆南結吳人以張聲援西南而拒梁梁太祖通和討伐智力殆盡僅能平四州之地而吳軍北侵益急自清口之敗梁兵縮首不出當時泝寇之民被亂尤甚不死於餒即死於兵非豪傑不能活妻子況庇其鄉黨乎於是民相保聚離為八寨以捍南寇府君之祖諱某以負勇敢知禮義為鄉人所推朝廷就署為沿邊八寨都指揮使郤敵完民聲入賊境雖吳弩之勁不敢北射一矢使人得耕桑嫁娶如治平時後以老病而

終府君之顯考諱某襲父職無懈屬晉氏有平陽之辱中原無主賊帥趙重將掠高密南奔顯考府君以父子繼職護邊窮追不已竟歿於賊衆推府君嗣其事府君諱某字某時年十八雪泣枕戈期以盡敵不墜世業邑人賴焉既而世宗以一代英主削平淮夷府君始去兵即農厚自封植僮奴數百指奔走供事樹桑墾土衣食以豐馬牛豚羊蕃息蔽野槌鮮釀黍以享賓客聚書講學以教子弟任俠自許弋獵為娛遊人歸之如公郵里人服之如官府至于縣大夫郡刺史咸禮重焉嘗歎曰自祖考及吾生在亂世庇民禦寇其勤實多未嘗授一官食斗粟報施之道吾有后乎以開寶六年十二月十二日終於家享年四十八始贈

大理評事再贈本寺丞今上即位贈某官夫人劉氏封彭
城縣太君淳化五年以疾終楚州官舍至道二年追封南
陽縣太君婦德母道有史館朱台符為之誌二男長曰子
與字希孟擢進士第長於辭賦典麗可愛今為殿中侍御
史賜五品章服先是國家以鹺茗漕運之務付於希孟東
極溫福西盡荊湖南距番禺北止淮甸凡半天下悉以委
焉希孟裁量經制咸得其中宿弊舊訛一皆剗削去繁存
要公私便之每一艤舟一就館則郡縣申牒委積如阜待
報而返間不容時加以舊無規繩事有利害希孟閱視剖
判遣之如流施于有司靡不中理所謂幹國之蠱兼人之
才者也次曰某未冠而卒五女既嫁而死在室而夭者凡

四人焉今存者潤州司户叅軍劉貞固之妻也以某年某
月某日葬於密州莒縣某鄉某里以南陽太君祔禮也王
氏皆帝王之後居太原者為姬姓隋宋大儒號曰文中子
府君之先也六代祖因官密上愛岱嶽東蒙之秀又其俗
被周公太公孔子之化遂家焉至今密人呼忻代王家以
别瑯邪之族夫如是府君其周之苗裔乎某與希孟既為
布衣交又為同恩生重以宗盟情分款密丈人之墓所宜
為銘曰
姬姓王氏居於太原隋文中子即其裔孫密上因官其後
家焉遇亂習武三世百年府君禦寇無祿無壽陰德所施
宜其有後乃生駿中少登秀茂立朝顯親褒贈禮厚揚名

以道克家惟孝誌墓刻銘永光祖考

宋王黃州小畜集卷第二十九 終

吾研齋補鈔本校

宋王黄州小畜集卷第三十目録

誌碣

□□□□□著作佐郎贈國子博士鞠君墓碣銘

故泉州録事叅軍贈太子洗馬陳君墓碣銘

監察御史朱府君墓誌銘

建谿處士贈大理評亊柳府君墓碣銘

連前目錄

宋王黃州小畜集卷第三十

碑碣

□□□□著作佐郎贈國子博士鞠君墓碣銘并序

鞠氏之先伯禽之裔也世為東萊著姓徙居高密公諱與令上御名同字可久曾祖某孝悌力田不求聞達祖直登州黃縣令父慶孫申州團練判官母王氏故太子少師延之次女左補闕史館修撰贈太師仲之從父妹戶部侍郎參知政事贈工部尚書沔之姑也申州府君始娶某氏生子曰恂公即申州次子與弟愉皆王氏出也幼聰悟善屬文漢乾祐中一上登進士第年二十一牓中推為探花先輩解褐祕書省校書郎宰相范魯公奏為集賢校理頃之

求外官得鄆州觀察支使歷永興軍節度掌書記伊陽猗
氏令蔡州防禦判官繼宰介休魏縣開寶五年故相國趙
韓王取為著作佐郎與今兵部侍郎兼祕書監楊公徽之
兵部郎中知制誥李公若拙故左補闕知制誥趙公鄰幾
同列東觀當時天下得僅(任)著作局者唯公等四人而已才
名地望輝映搢紳居無何授汀(臨)清令以七年某月某日寢
疾終於(于)官舍享年四十七夫人于氏太常少卿鵩之次女
也太平興國七年某月某日終於(于)私第年四十七二子長
曰仲謀擢進士第任太常博士次曰仲淵長女適太子中
舍聶巨川次適故太常丞王禹錫次適聶巨容初公長兄
恂早亡無嗣弟愉周廣順二年登進士第歷某官倉部員

外郎知制誥張澹以女妻之生子曰孟容季昌女適周氏
並早亡惟季女適靳氏在焉仲容丁母憂時徒步詣申陜
河洛扶護祖考暨叔父母兄孟容五喪東歸致書於我且
曰叔父府君傳父兄之業敦孝友之行顯位未至賦命不
融我先妣太君貞淑慈愛和平均一兩院兒女凡有九人
訓撫提携並如己子於今鄉人不知有從父兄弟嗟予小
子罪逆不孝禄不及親官忝通籍今奉天子命得封贈父
母未立片石以表墳墓大懼我祖考之遺烈將墜於地幸
與足下布衣之舊豈惜一言不慰罔極之心乎某謝而許
之左官掖垣憂畏奔迫閏三月九日晨及光州加禄驛晝
寢既酣初夕無寐因命家僮秉燭據行實而書之公舉進

士時著四時成歳賦萬餘言聲振場屋與弟愉並有文集
行於代嗚呼士之處世患才無所取名無所聞才名既立
患無知已惟公負天才得高第復有范魯公趙相國為之
引掖而不登朝籍終於畿令豈非命歟在其子孫必有達
者銘曰
鞠氏姬姓本出於魯世居東萊縫掖章甫明經神童里遷
鄉舉擢第業官不可勝數策進士名考登科記大鞠之門
自公而始申州府君文學茂異命屈於時終於從事謀孫
翼子在公昆弟猗嗟我公高才下位伯倫酒德披之見意
王績醉鄉含章遁世歿後二紀贈典方至猶限彛章成均
博士孝子不匱永錫爾類

故泉州錄事叅軍贈太子洗馬陳君墓碣銘并序

兩漢公卿多補郡吏由督郵功豐而用者十有四五故其治道鄰於三代盖考行於鄉試才於州而後登於朝也斯得鄉舉里選之遺制歟其道雖廢其人或存陳府君近之矣唐末大亂天下分列東南曰閩有王審知者據之自立繼以李留張陳凡五帥七十年雖附庸於江南稱藩於中原其屬吏皆自署也至今鄉人以先輩呼其家君即先輩府君之子以文行稱於州里閩帥重而辟之君曰吾先人策名中夏遭時不聿介在僞土義不受祿者全其節也雖專地悍帥不敢加害名高而行著故也吾小子負荷世德未聞於朝一旦又將拒之禍且至矣又曰吾嘗被天子命

無辱於先人也今時雖可惜而年已過矣吾其樂山水守
松楸而終天年乎乃辭以老而命次子靖入於朝其後終
於家享年七十初靖之歸國也補許州司法叅軍時富春
孫何濟陽丁謂皆當世之文豪也靖與之交用是詞格日
進端拱中拜疏議邊上奇其節授將作監丞主利國監後
隷御史府專以制効為職皆所樂也繼上章言時事上
益重之超拜祕書丞直史館四年郊祀中以靖貴贈府君
洗馬明年秋靖得告南歸且將以漏澤貢其墓墓有誌孫
何為文又請尚書禮部員外郎知制誥王某書墓表某因
謂曰墓之有表古也然近世有德行無祿位者多表而旌
之據禮子為大夫父為士祭則大夫葬則士今洗馬祕書

俱為五品官而欲表之與無位者同矣何以示貴按令五品已上立碑七品已上立碣誌其墓宜矣靖乃拜而謝之君之行已業官理家訓子暨偽署官職卒葬之年月宅兆之原里五男三女男為令子女得嘉婿凡是數者孫之誌具焉夫人李氏封隴西縣太君亦從子之貴也銘曰

嬀姓後、潁川陳永嘉亂從於閩德不墜世有人為從事登王賓拒偽命名益振生膳部行恂恂事連帥始全身修覲禮趨紫宸振有蘭佩有銀郡督鄞始即真生祕丞文彬彬遇聖主為史臣漏斯澤顯斯親時孝子時孝孫碣其墳垂後昆

監察御史朱府君墓誌銘 并序

公諱遵式字咸則祁州無極人其先高辛氏有才子八人朱虎其一也事舜為卿舜命伯益作虞官益讓於虎則盛德之後從可知矣曾祖儼祖公政皆隱德不仕考思瓊贈大理司直妣董氏追封隴西縣太君公即司直府君之第二子也幼而聰悟不為嬉戲始能言即好誦書將舉神童内艱而罷服闋業文不捨晝夜二十四應進士凡四上為權勢所抑周顯德初翰林承旨兵部侍郎徐公典貢舉褎拔寒俊精覈藝實公始成名世宗平壽春戎師楊信奏公為節度推官得祕書省校書郎兵革之餘瘡痍未復佽助軍政公實盡瘁太祖開國以恩例試大理評事仍進階一級是歲師（帥移）歸蒲津歷以舊職巨才屈乎幕府清議聞諸朝

廷於時陝郊有逋民本府有饉務左馮有旱災皆别勑委
公按覆其事操刃决滯根節迎解乾德三年楊公夔僚佐
並隨府罷新帥汾陽郭公從義素聞公名留佐戎政辭避
不獲僶俛就位汾陽一幕公為末至奉上率下人無間言
會詔下督藩臣舉幕吏堪為升朝官者同舍郎皆促裝俟
命汾陽諸侯之賢者也以為非公不可塞詔第以賓佐故
舊之情重難其事因重午節請公修貢乃密以狀聞左右
無能知者拜監察御史制書先署舉主中書命名銜搢紳
以為美事鹽鐵奏黍州銀治比多逋負未入之數不減萬
計請擇朝臣以主之相府以公前佐河中有廉幹之譽遂
命監焉乘驛之任復經舊府汾陽迎於遠郊具藩見臺憲

禮輟執御者對控公馬馬首小郄即按轡愬揖並驅而行蒲人榮之觀者如堵監銀冶凡八月宿弊盡去羡利居多巴蜀初平呂翰嘯聚國家憂三峽諸郡以公為涪州通判忠信篤敬蠻貊化之遂知軍州事歲滿夷獠相率守闕乞留優詔許之仍降璽書褒美開寶五年始受代入憲府掌内彈左補闕宗維忠以本官知濠梁家富於財輕齎自奉解印之日有白金數千兩時輦下用黃中門典關市之稅以為朝官祿薄疑有奸利即以事聞太祖方貴廉吏養疲民乃下御史府公親劾之其實家財無贓污狀惟忠請自誣以脫係獄公不許刺問履歷未嘗有贖貨事乃請原其罪太祖召公詰讓曰囊橐如此非盜於官即取於民書生

相黨耶公曰惟忠始下獄即請服罪臣不忍希旨致人於殃亂陛下邦憲因抱款占羅列指摘詞氣不撓太祖怒曰吾將自决此獄安用御史爲遂坐惟忠徒罪叱公使去公執簡而出無懼色時太宗皇帝尹京覩公所守甚奇之使人慰勉曰爲御史執法當如是然中外恐懼憂在不測未幾以公監開寶監畏避雷霆豁戢鋒鍔公餘與賓友縱飲而已八年郊祀畢策勳柱國太宗嗣位加朝散大夫太平興國二年歸闕屬軍國事繁未暇進用公徼得風恙求判西京留臺遂無商稅事非所樂也明年得病告歸東京終於私第享年五十五某年贈某官夫人杜氏宿州刺史雋之女也從夫封京兆縣君從子追封某縣太君有婦道母

德傳於親族府君以清白捐館家無餘貲二男未冠五女未笄居於京師嘗苦桂玉夫人一切儉約以身率下外求師友以訓其子内修工容以教其女衣服飲食皆有撙節唯買書則不問其價以至抽輟簪珥略無倦色雅好内典達其旨趣又多智善解夢言未来事往往符驗晝哭之後微有足疾杖而能行及聞長子登第因投杖而起曰朱氏之門不墜矣吾為人婦為人母無負也足疾由是遂瘳見其子昇通籍板輿就養者十三年以某年某月某日終於舒州年六十九二子長曰九齡祕書省著作佐郎文學政事不墜家法次曰延齡舉進士不第而終五女長嫁殿中丞直集賢院程宿次嫁岳州司理參軍郭夷簡次嫁張士

廉次嫁張士宗並舉進士儒林之秀者也季女未出室以
某年某月某日葬於某鄉某里以某縣太君祔焉禮也公
負典誥之文止於牋檄有愷悌之政流乎吏落練臺閣之
儀老於錢穀時使然也有郭令之懇薦受太宗之殊遇而
不及顯位命使然也夫位不充德者其后必大豈誣也哉
某與大著作為進士同年請以詞臣之筆誌於文人之墓

銘曰

人恤乎無德不恤乎無位德位俱充惠於困窮匪吾之通
位卑德崇係於汙隆匪吾之窮展矣朱公抑揚古風策名
筮仕二十五年一入烏府終身不遷餘慶昌繁施及后昆
賢子令孫必大其門刻此清芬銘於九原

建谿處士贈大理評事柳府君墓碣銘并序

有唐以武戡亂以文化人自宰輔公卿至方伯連率帥皆用儒者為之而柳氏最稱顯族故子厚自言其家同時為尚書郎者三十餘人其盛可知也于時宦遊之士率以東南為善地每刺一郡殿一邦必留其宗屬子孫占籍於于治所葢以江山泉石之秀異也至今吳越士人多唐之舊族耳公諱崇字子高五代祖輿從季父冕廉問閩川因奏署福州司馬改建州長史遂家焉輿生誕誕生瓊瓊生祚祚生瞪于於公為顯考公十歲而孤母夫人丁氏養誨成人既冠屬王審知據福建以公補沙縣丞時審知殘民自奉人多衣紙公曰此豈有道之穀耶即以就養引去因自誓終身

御布衣稱處士而已洎李氏奄有江左其長子宜為太子
校書郎江寧尉宰貴谿崇仁建陽三邑拜監察御史次子
宣試大理評事迎公於建康時宜以貴當得致仕官切誡
宜曰不可奏請以卒吾志太祖平吳宜為費宰宣以校書
郎為濟州團練推官公始渡江省諸子自沂至濟自濟至
京師得疾肩輿以歸以太平興國五年十一月某日終於
濟之官舍享年六十三嫡夫人丁氏先公而亡追封某縣
太君宜宣之母也宜今為國子博士宣終於大理司直天
平軍節度推官令夫人虞氏封范陽縣太君生子四人寘
宏舉進士宋察並以辭學自立有后之慶為可知也女五
人皆得嘉婿初公之捐館也博士方按獄於沂聞訃號絕

徒跣冒雪而行以至於濟時有詔不聽吏守三年喪博士負縲經詣登聞鼓院三上章乞護喪終制寢而不報又叩丞相馬泣訴其事雖不得請君子是之既而諸弟扶柩以歸權窆於所居之右以某年某月某日卜葬於某縣某里以先太君祔焉禮也公以行義著於州里以兢嚴治於閫門鄉人有小忿爭不詣官府決其曲直取公一言諸子諸婦動修禮法雖從宦千里若公在旁其修身訓子有如此者柳之姓自展禽始執卷者知之矣今略而不書博士之歸朝也得雷澤令雷澤某之故里也始以邑中進士見博士厚於我司直之從事於濟也某寓家焉司直善於我又嘗拜廷評府君於堂上其為交也可謂久矣乞銘公墓

義不可辭銘曰

處士之名兮象著於天廷評之贈兮澤漏於泉子孫文雅兮後嗣綿綿刻銘墓石兮以永千年

篆王黃州小畜集卷第三十　校

丙午四月立夏前六日據盧召弓學士本校訖　吳翌鳳志

吾研齋補鈔本校

余友黄荛翁近購残宋刻小畜集吾研齋補鈔本余知而往観之言及敝篋中亦有此書索去勘對始知雖刊刻而行款与宋槧頗同惟間有誤改之字旁多借耳即從黄君借新得本歸來細心覆校宋刻存者此本誤字悉皆改正吾研齋補鈔之卷似出宋本但缺行空格等以宋本體例某之則不符合姑就鈔本款式異記于前卷異同之字則備注於行間俟後緣未見宋刻不能確信無疑也倘得見宋槧重勘闕處庶無遺憾矣未知能否企而望之

道光新元四月廿四日 張紹仁識於桑鯉坊巷讀異齋

宋王黄州小畜集原序

内翰王公以文章道義被遇太宗皇帝視草北門代言西掖眷接優隆聲望最重咸謂咫尺黄閣矣偶坐事左遷咸平初來於齊安在郡政化孚洽容與暇景作竹樓無慍齋睡足軒以玩意邦人沐浴恩惠為繪像立祠東坡居士嘗親拜其下歷歲滋久經涉兵盜無一存者風範歇絶音徽眇然良可太息平生撰著極富有手編文集三十卷名曰小畜集其文簡易醇質得古作者之體往往好事得之者珍秘不傳以故人多未見虞卿假守於此追訪舊址躊躇增慨想見其人思欲以次興葺而鈍拙無能救過不贍輒且先其大者因以家笥所藏小畜集八本更加點勘鳩工

抄本無此行

鏤板以廣其傳庶與四方學者共之紹興丁卯皇上祀紫

壇之明年六月庚申歷陽沈虞卿書

黃州

契勘諸路州軍間有印書籍去處竊見

王黃州小畜集文章典雅有益後學所在未曾開板今得

舊本計壹拾陸萬叁千捌百肆拾捌字檢准

紹興令諸私雕印文書先納所屬申轉運司選官詳定有

益後學者聽印行除依

上條申明施行今具雕造小畜集一部共陸冊計肆百叁

拾貳板合用紙墨工價下項

印書紙并副板肆百肆拾捌張

表背碧青紙壹拾壹張大紙捌張共錢貳百陸文足

賃板棧墨錢伍百文足　裝印工食錢肆百叁拾文

足　除印書紙外共計錢壹貫壹百叁拾陸文足

見成出賣每部價錢伍貫文省

右具如前

紹興十七年七月日校正承節郎先黄州巡轄馬遞鋪周　郁

校正左從政郎司理叅軍李　儼

校正右從政郎録事叅軍李　彬

校正左從政郎州學教授梅守華

監雕造右文林郎軍事推官宗亞昌

監雕造右文林郎軍事判官王　傑

右朝奉郎通判軍州事胡　兟

左朝散大夫權知軍州事沈虞卿

乾隆二十二年歲次丁丑正月日

誥授中憲大夫工部虞衡清吏司員外郎加三級又加一級紀錄二次平河趙熟典重校

予少時得元之詩文數篇讀而善之欲見其全集遍覓不可得既知有板梓于黃州託其州人覓之又不得去歲入長安從相國葉進卿先生借得內府宋本疾讀數過甚快因鈔而藏之今學為詩者未能窺此老藩籬而動彈射宋人至不遺餘力此與以耳食者何以異悲夫

萬麻庚戌三月望日晉安後學謝肇淛敬跋

案吾研齋補鈔本後有此跋想呂氏之所祖即出於謝在杭本耳因錄于右以備溯源之考據云　訒盦居士記

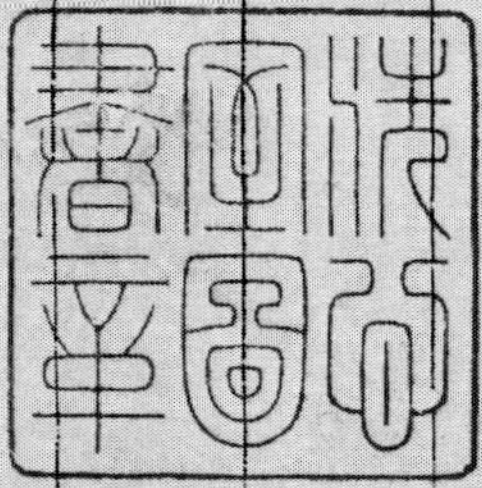